魔豆

MASTER IS BUSY

門主很忙

卷四

香草——著

門主很忙
人物介紹
麥冬
門主大人的寵物白松鼠，本系列吉祥物（？），移動速度極快。
方悅兒
十六歲軟萌的姑娘。玄天門門主，文不成武不就。眼睛彷彿未語先笑般，讓人很有好感。

林靖
二十二歲。
武林盟主之子，正直爽朗的青年。
梅煜
二十四歲。
白梅山莊備受冷落的庶子，溫和有禮，彷彿永遠不會生氣。
段雲飛
二十歲的俊美青年。
曾為魔教中人，性格亦正亦邪，活得灑脫自在。

門主很忙

卷四

目錄

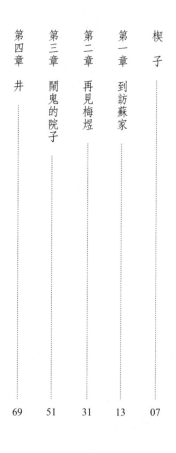

楔子

回到許家後，許泠月的日子卻並不好過。

雖然她如願到白梅山莊退了與梅長暉的婚事，只是回到許家後，卻發現事事不順，更處處遭人白眼。往常待她客客氣氣的旁系更是換了一副嘴臉，把她下的命令當兒戲，老是與她作對。

江湖兒女不拘小節，只要有本事有威望，女性擔任門派或家族的首領這種狀況並不少見。例如方悅兒這樣，雖然身爲女兒身，也一樣能成爲玄天門的門主。

然而許家已退出江湖多年，經歷了兩代家主當官後，家族更是褪去了江湖色彩，沾染不少文人習性——例如女子就應該三從四德，留守家中相夫教子。

自從許泠月的父親過世後，嫡系就只餘下許泠月一人，並沒有男丁繼承。之前家族之所以默許女兒身的許泠月繼承家主之位，主要是因爲她與梅家的婚約。

要是許家與梅家聯姻，有了梅家的支持，說不定便是沒落的許家再次崛起的契機。再來則是礙於許冷月那梅家少主未婚妻的身分，害怕若逼迫有梅家撐腰的許冷月，會引來梅家出手報復。

可現在許冷月退了婚，不僅沒了與梅家聯姻的利益，同時也失去梅家的庇護。

自從退婚後，許冷月發現自己愈來愈壓不住旁系的人了。雖然現在族老爲免顯得吃相太難看，並沒有在退婚後立即要求她交出權力，可是卻放任旁系的人把手愈伸愈長，幾乎將許冷月這家主的權力架空，讓她舉步艱難。

許冷月的父親是個迂腐的讀書人，認爲談及黃白之物便是玷污了自身讀書人的清高，非常不耐於管理家族的生意，因此雖是許家上任家主，其實族中不少決策都繞過了他，改由德高望重的族老，又或者能力卓越的旁系決定。而家族中到底有哪些生意，這些生意又該如何運作，許冷月的父親卻是懵然不知。

雖然如此，由於他是家族中唯一有官職在身的人，因此許冷月的父親即使將權力下放，旁系也因爲有所顧忌而不敢作怪，倒是坐穩了家主之位。

然而當這狀況落在許冷月身上，卻完全是另一個局面。這世道對女子總是較爲嚴苛，身爲女子，許冷月完全斷了考科舉當官這條路。而在許家這重男輕女的大家族觀念中，女子就該留在家裡生兒育女、相夫教子。

現在許家裡，一些能力卓越的旁系男丁甚至已以許家下任家主的身分來自居了。族老也一再暗示許冷月，讓她好好提攜一下這些野心勃勃的堂兄弟；至於許冷月，他們會爲她再找一門好親事，找個合適的時機讓她退位讓賢。

這段時間中，不少族老非常熱心地爲許冷月物色夫婿，試圖將許冷月盡快嫁出去，好爲他們族中的男丁騰位子。

旁系對家主之位虎視眈眈，偏偏許冷月像她父親一樣，並不是個擅長管理家族的人。本身能力不足，少女面對旁系的逼迫就更是沒有還擊之力。

就在許冷月焦頭爛額之際，得知她境況的蘇沐華，來信邀請她到蘇家作客。

其實蘇沐華原本打算親自前去邀請，好表現出對少女的重視。可惜他爹蘇志強知道自家兒子只是出去一趟歷練，就差點鬧得連命都沒了，便恨鐵不成鋼地怒罵青年不爭氣，隨即將他禁足。

蘇沐華覺得自己十分無辜，誰想到只是外出一趟，便惹來一群蒙面人追殺呢？那些人武功不弱，人數又比他們多出數倍，被人追著跑也怪不得他啊！

可蘇志強在蘇家素來說一不二，即使蘇沐華覺得自己再無辜，也不敢反抗父親的決定，只得乖乖被禁足在家裡。

即使被罰，蘇沐華仍惦記著他那位解除婚約的女神，覺得現在不打鐵趁熱與許冷月好好培養感情的話，說不定對方在自己不知道的時候又再次訂了婚約，到時他哭都沒處去哭了。後來當他得知許冷月在許家過得不好時，更是恨不得生出雙翼飛過去，將女神救出水火之中。

可惜禁足還未結束，再想離開也是枉然。於是蘇沐華只得折衷地寫了封信，邀請對方來蘇家作客。幸好蘇許兩家是世交，他這麼做也不算很失禮。

原本許冷月想要婉拒蘇沐華的邀請，她並非不知道蘇沐華喜歡自己，可是在許冷月眼中，蘇沐華這人除了家勢，便沒其他出色出處。這人既不擅詩詞，長相又普通；雖然家世不錯卻能力不足，出身武術世家可武功也只是二流，完全不在她挑選夫婿的考慮中。

當如意聽到許冷月想拒絕蘇沐華的邀請時，她幾乎要懷疑自家小姐是不是傻了。明明可以好好利用蘇家，借勢來打擊旁系的人，可許冷月竟然將這難得的機會往外推？

又不是要她立即嫁給蘇沐華，把人吊著好好利用這也不懂嗎!?

雖然看不起許冷月那愚蠢的高傲，可只要如意的賣身契還被許冷月掌握著，主僕二人便是一條繩上的蚱蜢。許冷月過得不好，如意照樣沒好果子吃。

於是如意壓下心裡的不屑，勸道：「小姐，蘇公子雖然在蘇家不管事，可是他終究是蘇家主的獨子，蘇家將來總要由他繼承的。即使小姐您不喜歡他，也可以先吊著他。只要小姐與蘇公子保持良好的關係，便能讓族中其他人有所顧忌，您的生活就可以好過得多了。」

聽到如意的話，許冷月的神色頓時變得很難看。她心裡清楚如意說的話沒錯，對方這麼說也是爲了自己好。可是侍女這番話說得直白，聽在主子耳裡就不那麼動聽了。

簡單來說，就是如意這番話，戳到許冷月那顆高傲的玻璃心。

即使知道如意是對的，可她的驕傲與自尊卻不允許自己點頭！

幸好如意從小侍奉許冷月，身爲侍女或許有著諸多不足，只是她既然能混到許冷月貼身侍女的位子，自然有其過人之處。

如意很了解許冷月的性情，也清楚該如何去說服她。許冷月才剛冒出些許抗拒的情緒，如意便立即敏銳地發現，於是話鋒一轉，放柔了聲音勸道：「小姐，蘇家公子對您一往情深，即使小姐您不意屬於他，可是以兩家多年的交情，還是不好無視蘇公子的邀請。何況要是小姐您拒絕了邀請，蘇公子必定十分難過，那眞的太可憐了。」

不得不說如意果然將自家主子摸得很透徹，短短幾句話便把「許冷月在許家混不下去，需要利用蘇沐華來狐假虎威」，變成了「蘇沐華深愛得許冷月不要不要的，許冷月被糾纏得沒辦法這才赴約」。讓許冷月從借勢的一方變成施捨感情的角色，給了她一個台階下。

而許冷月也沒有錯過這個台階，矜持地頷首說道：「妳說的也對，既然蘇公子盛情相邀，我倒是不好拒絕……那我們就去蘇家小住幾天吧！」

如意笑著奉承了許冷月幾句，大意都是自家小姐眞是太善良了，爲免蘇公子失望才去赴約云云。至於如意心裡頭是怎麼想的，就只有她自己知道了。

一、到訪蘇家

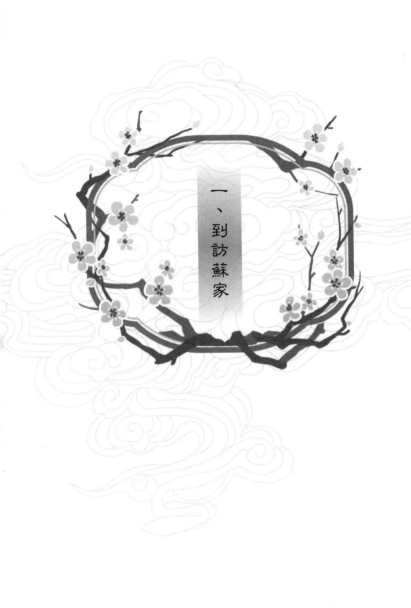

蘇家所在的錦華城，一輛馬車非常張揚地駛進了城門。

其實馬車的主人既無鬧事也沒縱馬傷人，反而是規規矩矩地放緩了速度在城中慢駛，本來並不該以「張揚」二字來形容。可是馬車的豪華程度，以及那幾匹淡金色的馬兒實在太奪人眼目了啊！

這輛馬車無論去到哪裡，回頭率絕對也是百分百！

此刻方悅兒正坐在馬車裡，這輛馬車是玄天門門主出行必備的工具，車廂內的豪華程度並不比它的外表遜色，舒適度更是別的馬車無可比擬。

方悅兒窩在軟墊上，手中拿著一枚玉珮並舉了起來。淡藍的玉珮上雕刻了一隻活靈活現的小松鼠，玉質晶瑩剔透，在陽光照射下泛起一陣瑩光。最特別的是，通透的玉珮中蘊含著點點雪花狀的棉絮，看起來如夢似幻。

這塊木那玉珮，正是由段雲飛親手雕琢，不久前才送到方悅兒手上的禮物。

自從段雲飛將玉珮送給方悅兒後，閒來無事拿起玉珮觀賞便成了少女近來的喜好。實在是因爲這塊玉珮不論上面的雕刻還是本身的玉質都太符合她的喜好了，無論再看多少次，方悅兒也是百看不厭。

方悅兒也曾讚歎段雲飛，想不到他竟如此擅長雕刻。結果青年回說，練武之人通常觀察力強，而他又在刀劍上下過苦功，過去甚至還曾用長劍雕刻，以苦練落劍時的力量與精準度。這段時間更是經常與麥冬待在一起，能好好掌握松鼠的神情與體態，因此雕刻松鼠對他來說一點也不困難。

段雲飛更揶揄方悅兒之所以會覺得如此驚奇，只是因爲她的武功太差而已。

原本因收到禮物而對青年上升的好感度，頓時在對方吹噓自身武功後消失殆盡。

而對此懵然不知的段雲飛，則仍沾沾自喜地想著：丫頭連看我的眼神都變了，聽到我這麼厲害，她一定很崇拜我吧？

卻不知道他們這互動看在其他人眼中，都只覺得段雲飛這種向心儀女性推銷自己的手法真是有夠白痴。或許根本不用他們插手，段雲飛就會把愛情小火焰掐滅在萌芽中了。

原本還在苦惱著青年對自家門主頻頻示出感情的雲卓等人，此時已完全換了心情，老神在在地在旁看好戲。

「段大哥似乎又惹門主大人生氣了。」寇秋小聲說道，還不斷偷看方悅兒的神色，就怕這火會燒到自己身上。

雲卓揉了揉額角，這兩傢伙感情太好時他會覺得困擾，可是他們吵架又會很麻煩呀！

「段兄還真的意外地純情啊……說不定大哥你說得對，小悅兒就是他的初戀呢。」連瑾笑道。

一旁的林靖也摸著下巴笑道：「這麼青澀的追求方式還真有趣，段公子完全錯了方向嘛！與其稱讚自己，不如多讚賞自己喜歡的人吧！」

連瑾用手中闔上的紙扇虛指了下林靖，說道：「林公子你很懂嘛！我就說女孩子要多讚美，老是稱讚自己到底是怎麼回事了。」

眾人談論得興致勃勃，想到段雲飛平常總是一副自己最強最帥最棒棒噠的模樣，現在難得看到他找死也不自知的愚蠢樣子，眾堂主都覺得這場好戲不看白不看。

至於林靖這個立場中立的局外人，同樣也是一臉看戲看得很高興的表情，絲毫沒有提醒段雲飛的打算。雖然林靖對於青年追求方悅兒一事並無任何意見，不過他認爲段雲飛的本性就是如此，要是方悅兒不接受，即使段雲飛特意遷就改變自己、最終抱得美人歸，也終究不是長遠之計，二人之後相處時間久了總會出問題的。

反正現在的情況還只是段雲飛自己一頭熱，再加上青年又不是那種愛上了便要死要活的性情，要是兩人不適合、最終無法在一起，那他頂多是傷心一陣子，總好過彼此感情深了以後才出問題。

林靖認爲感情是兩人之間的事，因此段雲飛的舉動在他們這些外人眼中雖實在傻得可以，但說不定方悅兒就是能接受他這股傻裡傻氣呢？很多時候，總要相處後才知道彼此適不適合。

於是所有人都決定旁觀，不提點也不插手，段雲飛一路上找死無數，也給足了眾人好戲看。最有趣的是，他一直自我感覺良好，一點都不覺得自己向方悅兒的示好起了反效果。

而方悅兒也覺得最近的阿飛怪怪的，經常送她一些小東西，接著便向她各種炫耀，氣得她拳頭很癢好想打人！

少女卻不知道，對方其實只想要向她彰顯自身的能力，笨拙地吸引她的注意而已……

方悅兒一行人心裡懷著對蘇家的懷疑，來到了錦華城。整趟旅程中，方悅兒對段雲飛的好感度依然維持在不停上下升跌的詭異狀態。

此時雲卓等人看著段雲飛都帶上敬佩了，這個人就是厲害，有本事把方悅兒哄得心花怒放，然後又找死地讓這些剛上升不久的好感度消失，而且過了這麼久還不知道問題癥結在哪。

直至抵達目的地時，段雲飛與方悅兒兩人的關係竟是還未有絲毫進展，眾人也是服了。

蘇家與許家一樣，都曾是江湖中世代顯赫的大家族；與近幾年轉武爲文的許家不同，蘇家一直在江湖中討生活，近幾代更是愈發風生水起，與許家的衰敗成了強烈對比。

錦華城是座江湖氣息很濃的城市，這裡有著眾多鏢局、武館，勢力分布錯綜複雜，不少初入江湖歷練的人都會選擇到錦華城見識一番。

無論是玄天門幾位堂主，還是林靖與段雲飛都曾來過錦華城，眾人之中就只有方悅兒是初來乍到，就連她的侍女半夏等人，在武功略有小成時也曾外出歷練，錦華城正是她們遊歷過的城鎮。

蘇家是在錦華城中立足多年的世家，雖然看在方悅兒眼中，蘇府怎麼也比不上玄天門，但也算得上磅礴大氣了。

蘇家家主蘇志強得知眾人到來，親自前來迎接。雖然方悅兒等人只是小輩，可是各個身分地位不低，尤其方悅兒還是玄天門門主，即使比蘇志強小了一個輩分，可在地位上卻絕對能與他平起平坐。何況玄天門的勢力比蘇家強大，蘇志強可不敢在對方面前擺出長輩的架子。

蘇志強給足了方悅兒等人面子，得知他們特意前來探訪蘇沐華時，更是一臉欣慰地告訴他們年輕人多走動，想在蘇家住多久都可以，看起來完全是個因兒子交到好友而欣喜的友善長輩。

不過方悅兒從一開始便對蘇志強的觀感不太好，覺得這人有些假，明明工於心計，卻總表現出豪爽沒機心的樣子。與風樓主會面後，方悅兒對蘇志強產生了懷疑，猜測娘親宛清茹的死或許是對方下的手，就更加不喜歡這個人了。即使蘇志強表現得再友善，在方悅兒先入爲主的想法之下，便總覺得對方不知在滿肚子壞水地籌劃著什麼。

蘇沐華也在接待眾人的行列中，這位蘇家少主可能是被保護得太好，性格有點兒「傻白甜」，和父親蘇志強那種外表豪爽、內心狡獪的性格完全是兩種畫風。當蘇沐華聽到方悅兒等人特地來蘇家拜訪自己時，頓時被感動得不得了，覺得這些朋友真的沒交錯！

其實撇除對蘇志強的懷疑，方悅兒滿喜歡與蘇沐華結交的。這個武二代雖然武功並不算很出色，但待人真誠，當朋友的話是很不錯。

自從遇上一連串被人追殺、白梅山莊莊主被殺的事後，原本總是得過且過地生活、對練武並無太大追求的蘇沐華開始有了上進心，對自身武學愈發重視起來。

以前青年行走江湖時並未遇上過什麼危險，其他人知道他是蘇家的少主都會給他面子，想不到這次外出歷練卻遇上如此驚心動魄的追殺，自己連小命也差點沒了。

那些魔教餘孽存心殺人，根本不理會蘇沐華的身分。那時他離死亡是多麼接近，這經歷讓蘇沐華這朵溫室長大的花兒受到不小的衝擊。

直至那時，蘇沐華才看清楚江湖的本質……

原來江湖竟是這麼可怕！一言不合就要出人命！

其實蘇沐華的武功在年輕一輩中，已經算得上不錯了，只是要繼承蘇家的話，卻又有些不夠看。

無奈蘇沐華雖有著豐富的練武資源，天賦卻遠遠稱不上驚才絕艷，心性又不夠堅韌，因此青年空有讓自己強大起來的心思，但作爲武林世家的少主卻總是一副高不成低不就的模樣。

幸好蘇沐華是個心大的人，對此並沒有太沮喪。反正他爹就只有他這個獨子，蘇家不管怎樣都會由他繼承，所以他心態倒是很好，該努力就好好努力，但也不會太強求。

最近蘇沐華可謂春風得意得很，他鼓起勇氣邀請許泠月到蘇家作客，本已做好被佳人拒絕的心理準備，想不到許冷月竟應允下來，還在他的熱情邀約下留在蘇家小住了數天。因此這段日子蘇沐華總是喜孜孜的，有女神在身邊，即使練武再苦再累也不覺得難受。

身爲蘇家少主，蘇沐華也有自己的情報來源，尤其他深愛許冷月，更是派人經常注意著許家動靜。當得知許冷月在許家舉步艱難時，蘇沐華都快要心疼死了。可惜那是許家內部的事，即使是蘇家少主的他也無權過問。

蘇沐華知道許冷月之所以被家中族人逼迫，主要是因爲她失去了白梅山莊這個靠山；再加上她身爲女子，許家是重男輕女的家族，少女行事有諸多不便，光是以她的性別便難以服眾。

現在許冷月非常須要再結一門不遜於梅家的親事，好穩住許家那些魑魅魍魎。而蘇沐華覺得自己條件不錯啊！

他是蘇家的少主，父親又只有他這個兒子，所以當蘇志強百年之後由他來繼承蘇家是板上釘釘的事。

最重要的是，他很喜歡許冷月啊！成親後他一定會對許冷月很好，就連最討厭的詩詞歌賦，蘇沐華也願意爲了她而學習。

因此青年這次的邀請，其實也有向許冷月推銷自己的意味。雖然此舉有些趁人之危，但蘇沐華有自知之明，知道自己並未達到許冷月的擇夫條件。現在許冷月在許家遇上的挫折，也許能成爲他抱得美人歸的契機。

有時候，幸福是需要自己去爭取的。

許冷月願意赴約，說不定也不是對自己完全沒有意思呢？

蘇沐華甚至替少女各方面都設想好，要是這次追求仍是失敗，那他就死了這條心，並懇求父親把許冷月收爲義女、爲她撐腰，讓她回到許家後也不至繼續被人欺負。

不得不說，蘇沐華即使得不到也如此爲許冷月著想，這種無私的奉獻實在是眞愛了。

可惜許冷月看不上蘇沐華，在她眼中，對方也只有家世很好這項優點，既沒才華、長相又普通，又怎麼配得上自己呢？

許冷月這次赴約前來，也只是想要好利用她與蘇家的友好關係來震懾一下家族中不安分的人，心裡實則對蘇沐華的獻殷勤反感萬分。

原本她已經打算要告辭，想不到卻有了意外之喜。

她竟然在蘇家，遇上了心心念念的良人段雲飛！

在煙雨城初見段雲飛，許冷月便把一顆芳心遺落在他身上。雖然在白梅山莊那趟旅程中，許冷月因著女性的矜持而沒有挑明自己的心意，可是卻早已將對方視為自己的良緣，同時也認為像段雲飛這麼驕傲的人，只有自己這種同樣有傲骨的清高女子才能配得上。

與梅家解除婚約後，許家旁系的態度令人心寒。許冷月與梅長暉有婚約時，眾人都是一副她作為嫡系，理所當然得繼承家主之位的態度。可發現她沒有利用價值後，立即便對她諸多為難。

看清家中族人那些嘴臉後，向來高傲自負的許冷月突然驚覺，原來沒了家族的保護，自己根本什麼也不是。以前那些旁系讓著她、捧著她，許冷月一直認為是因為自己這個家主做得很好。可其實她這個只會吟詩作對的清高才女，又怎懂得如何經營一個家族？

當旁系的人不再捧著她，反而處處暗中刁難時，許冷月發現自己竟是焦頭爛額、全無任何招架之力。

這狀況如果繼續下去，許冷月的確會受些苦、吃些虧，但逆境最能打磨人，說不定能除去許冷月一身不合時宜的天眞與清高驕矜，讓她知道她的高傲其實不堪一擊。

然而蘇沐華卻在得知她被許家人爲難後立即出面，來信邀請她到蘇家小住，一副蘇家將作爲許冷月後盾的態度。雖然許冷月已遭遇過挫折，可因爲不久便有人爲她出頭，造成了她對自己的定位認知不足，不僅沒有好好檢討自身，反而加重對他人的依賴性。

先前因退婚的關係，許冷月不得不先回許家將事情處理好，於是便無奈地與段雲飛告別。可是她早已去探聽了段雲飛的身分，以及方悅兒等人尋找段雲飛的原因，並得知對方一行人接下來會與段雲飛一起前往林家，與林盟主一起商議討伐魔教餘孽的事。

高傲如許冷月甚至此時已下定決心放下矜持，主動去追求屬於自己的幸福。她原本打算拜訪過蘇家後，便前往林家尋找段雲飛，好好與對方培養他們的愛情，可想不到竟然會與對方先在蘇家相聚！

看到段雲飛時，許冷月立即便將此相遇歸於彼此緣分天定。原本她還打算親自過去找人呢，結果上天竟把段雲飛主動送來了。

經歷了諸多不如意後，段雲飛對於許冷月的意義就像溺水者抓住一根稻草，她是怎麼也不願放手了。對青年的喜歡與愛慕自然是有的，但利益方面的考慮也佔了不少因素。

「段公子，想不到我們這麼快又見面了。」當許冷月與段雲飛等人在走廊遇上時，少女頓時滿臉通紅，嬌羞地朝少年看了一眼。這神態在一向高冷的許冷月身上出現，就像素白的冰山上突然開滿了燦爛的花朵，非常美麗動人。

許冷月完全無視青年身旁的方悅兒等人，那含情脈脈的眼神專注地凝望著段雲飛，彷彿眼前男子是她整個世界。

蘇沐華自然也看出許冷月對段雲飛的愛慕，神色不禁變得黯然。

雲卓等人見狀，臉色也不好看，雖然段雲飛還未與方悅兒真正走在一起，可是他們總有種門主大人被挖牆腳的感覺啊！

方悅兒倒是心情愉悅得很。她一向喜歡亮麗的事物，許冷月美麗的長相本就是她的菜，只是對方性格不討喜，經常冰冷冷的模樣使其美貌大打折扣。現在忽然展現少女嬌羞，艷麗的模樣讓方悅兒眼前一亮。

不過論起美色，許冷月那一剎那的驚艷還是比不上段雲飛的美貌。在方悅兒眼中，這兩人之間美貌的差別……大約是能看著多吃一碗飯，與只能多吃一口飯的程度吧？

不說美色，光是氣質方面，段雲飛便已甩出許冷月幾條街。例如段雲飛與許冷月二人性格都很高傲，可是許冷月的傲氣是虛的，段雲飛的卻是因爲有著與之相對的實力，所以很有底氣。

前者讓方悅兒不喜，後者卻是映照得當事人更加耀眼。

所以面對許冷月那乍現的風情，方悅兒雖瞬間被閃花了眼，可很快便再次堅定晚餐還是選段雲飛來下飯。

許冷月並不知道剛剛自己的美貌被意料之外的人垂涎，還差點成爲門主大人新的配飯目標。她只是疑惑自己心心念念想要套近乎的意中人，爲什麼在她明確表達出重逢喜悅時不但反應冷淡，而且似乎還有些不高興？

段雲飛當然不高興了。自從察覺到自己喜歡方悅兒後，他總是不由自主地關注著對方，對少女的喜怒哀樂也變得特別敏感。當方悅兒垂涎許冷月的美色時，段雲飛立即便有所察覺！

青年自知現在方悅兒對自己還未生出任何男女之情，幸好方悅兒是個顏控，因此段雲飛最強大的優勢就是自身的「美色」。段雲飛認爲只要讓他的「外在美」繼續吸引著方悅兒的視線，總有一天，方悅兒會轉而欣賞他的「內在美」，從而愛上他。

懷著這種想法，向來不太注重外表的段雲飛，這段時間甚至開始著重保養皮膚。例如盡量不讓自己曬太久的太陽，經常攝取水分，甚至還詢問寇秋能不能調製一些護膚的面霜送他，當時寇秋看他的眼神簡直驚慄得就像在看神經病。不過寇秋是個很好說話的孩子，最後還是折騰出一些面霜送給對方。

可想而之，當段雲飛發現現在有人竟然利用美色吸引住方悅兒的視線時，心裡到底有多不爽！

於是許泠月在不自知的情況下，被自己的心上人視爲情敵了……

二、再見梅煜

蘇沐華雖然被許冷月先前的反應所傷到，但身爲蘇家少主，招待方悅兒這些貴客是他的重任，於是青年壓下心裡的苦澀，熱情地建議：「自從白梅山莊一別，我們也有一段時間沒有見面。既然來了，就多住些日子吧！說起來梅兄不久也會過來，到時我們可以好好聚一聚。」

方悅兒訝異道：「梅公子也會來？那眞是太巧了，他也是來探望你嗎？」

雖然覺得事情未免太湊巧，不過眾人倒是沒有奇怪梅煜會來探望蘇沐華。畢竟這二人在去煙雨城之前便已認識，而且關係一向不錯。先前梅煜還只是白梅山莊默默無聞的庶子，行事非常低調，與蘇家少主結交也許還會擔心人言可畏，被人說三道四、說越過了嫡子拉攏蘇家等流言蜚語而綁手綁腳。但現在梅煜已繼承了白梅山莊，父親死去、母親因殺人嫌疑被抓，嫡兄也受了重傷武功盡廢，他卻是沒了以前那些顧忌，可以不用繼續壓抑自己。

蘇沐華聽到方悅兒的詢問，露出了尷尬神情，道：「其實梅兄過來是有正事要辦……你們記得白梅山莊的命案吧？最終找出是梅夫人下的毒，第二天早上人贓俱獲。」

方悅兒不明白話題爲什麼會帶往柳氏身上，但仍點了點頭回答：「對啊！我們走的時候，柳氏已經因殺人嫌疑而被關起來，也不知道最終白梅山莊會怎麼處理這件事。」

這畢竟是白梅山莊的家務事，何況莊主夫人把莊主幹掉什麼的，這對白梅山莊來說絕對是一大醜聞啊。因此白梅山莊處理這件事都是悄聲無息的，方悅兒並不清楚事情的後續。

蘇沐華聽到方悅兒的話，表情更加一言難盡：「這次梅兒過來，就是將梅夫人送到蘇家。」

眾人聞言皆面面相覷，方悅兒問出所有人心中的疑惑：「爲什麼要把梅夫人送來蘇家？」

蘇沐華嘆了口氣：「梅夫人是我的姑母，是我爹失散多年的姊姊。」

方悅兒驚訝地眨了眨眼，聽到柳氏竟是蘇志強失散多年的姊姊時，少女除了感慨了下世界眞小，更驚訝於血緣的神奇……因爲蘇志強與柳氏完全沒有任何相似之處啊！

因爲太驚訝了，雖然這樣說有些失禮，可方悅兒忍不住說出心裡的疑問：「眞的是親姊弟嗎？他們長得完全不像啊！而且梅夫人姓柳，並不姓蘇。」

每次想到蘇家爲了救柳氏而向白梅山莊施壓，蘇沐華都覺得挺對不起梅煜，告知方悅兒等人這件事時更是感到難以啓齒。蘇家少主嘆了口氣，道：「可是父親親口說梅夫人是他的姊姊，因此應該是親姊弟沒錯，梅夫人身上還帶著蘇家的信物呢！」

其實蘇沐華覺得蘇家要護著柳氏，實在有些欺負父親被殺、臨陣磨槍被捧上莊主之位的梅煜。在蘇沐華心中，相較於單純只有血緣關係、在此之前從未見過面的姑母柳氏，曾與自己一起經歷被蒙面人追殺的梅煜更爲親切。

林靖問：「在白梅山莊的時候，梅夫人曾要求與你單獨見面。她就是在那時將信物交給你，讓你回蘇家求救？」

蘇沐華一臉羞愧地點頭：「雖然我也覺得這樣做對不起梅兄，可萬一當時梅夫人所說的話是眞的，那她就是我的家族長輩。所以我只好把這事隱瞞下來，回家將信物交給父親了。」

聽到這裡，方悅兒總算清楚了解事情始末。與柳氏會面後，接下來便是蘇志強確認了柳氏的身分，於是向白梅山莊交涉，威逼利誘下將柳氏接到蘇家吧？

隨即方悅兒又想起離開白梅山莊時，自己曾看過一眼被囚禁起來的柳氏。現在回想起來，那時沒有梳妝打扮的柳氏，眉眼神韻確實與蘇沐華這姪子頗爲相似。

見蘇志強虎背熊腰的模樣，再看看長相清秀的蘇沐華，以及溫柔似水的柳氏，身爲顏控的方悅兒忍不住很失禮地想，幸好蘇沐華長得完全不像他爹啊……

❀

方悅兒等人在蘇家住了下來，可過了兩天，他們卻一直找不到查探蘇家的機會。

蘇家與白梅山莊的狀況不同，人家蘇家的家主還好端端在這裡呢！段雲飛雖然有信心與對方一戰，卻不能保證查探蘇家時不被蘇志強察覺。

現在眾人對蘇志強的一切猜測都沒確切證據，要是查探蘇家時被抓個正著，不僅打草驚蛇，只怕還得付上一些代價才能脫身。

蘇志強身爲蘇家家主，理應很忙才對，本來他們還打算住進了蘇家後，待蘇志強外出辦事時好好查探一番就好。

想不到住進來兩天，蘇志強竟也留在蘇家大宅裡從未離開！

「蘇家主也未免太閒了吧？」方悅兒有些不耐煩地說道。眾人聚集在庭園品茗時，少女忍不住抱怨起來。

段雲飛道：「我們前來蘇家是打著探訪蘇沐華的旗號，既然如此，蘇家有蘇沐華招呼我們就好，蘇志強根本不用留下來一同招待我們。我想他是故意的。」青年頓了頓，補充道：「故意留下來監視我們。」

方悅兒聞言愣了愣，隨即重重點了點頭：「蘇家主愈來愈可疑了！」

林靖聳聳肩，道：「他再可疑我們又能怎麼樣？我們既沒有證據，也不能留在蘇家太久。只要蘇家主留在蘇家一天，我們就不能放開手腳來調查。」

連瑾「刷」地打開紙扇搖了搖，現在天氣已愈來愈涼爽，他搖紙扇不是爲了搧涼，只是爲了裝帥而已：「蘇公子不是說過，明天梅公子便會押送柳氏過來嗎？這件事說不定是契機，要是鬧起事的話，我們便有機會好好刺探蘇家一番了。」

雲卓卻沒有連瑾這麼樂觀，搖了搖頭道：「梅公子是個沉穩的人，他答應了蘇家的要求將梅夫人送來，姑且不論他本人的意願，但既然應允了就不會做一些多餘的事。現在白梅山莊正值動盪之際，梅公子不會這麼蠢，選擇在這種時候發難。」

連瑾刷地闔起紙扇，拿著紙扇敲了敲石桌，提議道：「沒有機會，我們就自己製造嘛！」

方悅兒眨眨一雙杏目，道：「狐狸你的意思是，我們以梅公子的名義鬧事，把蘇家主引離蘇家？」

寇秋弱弱地反對：「這樣做會不會不太好……」

仔細想想，梅煜這些年來一直被嫡母打壓，在武林間默默無聞，現在遇上難得機會，嫡兄殘廢，嫡母又自己找死將梅莊主幹掉，他這時終於可以翻身話事了。偏偏蘇家卻插手白梅山莊的家務事，強勢地將柳氏救出來。白梅山莊形勢比人弱，即使梅煜明知道柳氏是殺死自己親爹的凶手，還是不得不答應蘇家的要求，相信梅煜心裡已經夠難受。

要是他們還利用梅煜的名義來鬧事，寇秋覺得對方未免太可憐了。

連瑾解釋：「我們可以先利用白梅山莊的名義，但鬧事時卻在僞裝的身分上留下一些破綻，事後在還梅公子清白就好。這幾天蘇家主一直留在蘇府，一家之主有誰會這麼閒的……」

連瑾說到這裡時，方悅兒不由自主地伸手指了指自己。

連瑾嘴角一抽，無視少女的舉動續道：「蘇家主明顯心中有鬼，我們這次前來探訪殺了他個措手不及，然而錯過這機會，蘇家主有了警惕後，我們再要竊探蘇家的祕密便難上加難了。」

寇秋想想也覺得連瑾的話有理，雖然這件事有些對不住梅煜……不過少年還是被說服了：「最後一定要還梅公子清白，不要眞的影響到他。」

林靖拍了拍寇秋的肩膀：「放心，我雖然很想知道眞相，但也不會爲了方便調查而冤枉好人的。」

方悅兒與段雲飛聞言也點了點頭，他們對梅煜這個溫潤謙和的青年印象很好，連瑾的建議也許會讓他受些委屈，但也不會讓他太爲難的。

於是眾人便開始圍在一起討論著該如何找蘇志強的麻煩，並把人引離蘇家好下手查探這座府第，再把這鍋子甩到梅煜的頭上。

此時，被迫答應將柳氏交給蘇家的梅煜並不知道，在他還未來到蘇家時，已有一群人喜孜孜地討論著要怎麼算計他了。

只能說他與蘇家真的八字不合啊……

❀

梅煜是個守約的人，到了約定的日子，他果然親自把柳氏送來了蘇家。

原本表情肅穆、看起來不太高興的梅煜，在看到方悅兒等人時，不禁露出訝異的神情：「方門主？你們……你們為什麼會在這裡？」

方悅兒笑著指了指蘇沐華，解釋：「我們有事路過錦華城，順道來探望一下蘇公子。」

方悅兒絕口不提蘇家強行要求白梅山莊交出柳氏一事，雖然無論是誰聽起來都會覺得蘇家此舉不恰當，但這是兩家之間的私事，方悅兒並不打算讓玄天門替白梅山莊強出頭。

梅煜也不是會遷怒他人的性子，見方悅兒等人擺明兩不相幫的態度，對此也能諒解，微笑著向眾人釋出善意。

梅煜踏入蘇家後，蘇沐華便一臉羞愧地縮在陰暗處，試圖減低自己的存在感。現在被方悅兒指了出來，蘇家少主只得上前面對梅煜，一臉尷尬地向他笑了笑：「梅公子……」

原本蘇沐華已經做好了會被對方無視，甚至出言嘲諷的準備。然而想像中的惡言相向卻沒有出現，梅煜只是嘆了口氣，平淡地向蘇沐華打了聲招呼。

梅煜看著蘇沐華因自己的回應露出了受寵若驚的神情，心裡那些微的不舒服也煙消雲散了。

雖然梅煜厭惡蘇家霸道的做法，可這並未影響到他對蘇沐華的看法。梅煜明白蘇沐華只是蘇家少主，就像當初他還只是毫不起眼的梅家庶子一樣身不由己。

家族權力都掌握在家主手上，無論蘇志強做出什麼決定，蘇沐華也只能順從，完全沒有違抗的餘地。

蘇志強之所以會知道柳氏的事，確實是因爲蘇沐華從中通風報信。可站在蘇沐華的立場，柳氏是他的親人，總不能爲了外人而對她見死不救。

梅煜理解蘇沐華的難處，因此並沒有如對方所想的那般憤怒。然而理解歸理解，面對對方時心裡或多或少還是有些不舒服。但在看到蘇沐華歉疚的模樣後，青年卻是釋懷了。

在梅煜與一眾小伙伴敘舊時，蘇志強的注意力全部投放到了柳氏身上。他見柳氏雖然衣著樸素、面容憔悴，除此以外並沒有受到什麼傷害。可見梅煜雖將柳氏抓捕起來，卻沒有趁機折磨對方。

蘇志強早已請了大夫，當場爲柳氏檢查，確定柳氏並沒有被梅煜下任何暗手。此舉可說是完全不給梅煜顏面，現在的白梅山莊，顯然已不被蘇志強放在眼內。

蘇沐華看得難受，站在旁邊漲紅了臉，可是卻依然不敢說出任何反抗的話語。他早已習慣聽取蘇志強命令，這些年來他完全不敢對父親有絲毫違抗。因此他雖然會羞愧，可是眞要對朋友下手時也不會遲疑，亦不敢開口維護，哪怕只是一句話。

然而這一次，蘇沐華不知爲何卻想起梅煜方才對他露出的，那充滿暖意與釋懷的笑容。

「父親，梅公子爲人光明磊落，應不會對姑母下暗手才對。」蘇沐華不知怎地，壓抑在心底的眞心話便脫口而出，毫不意外地換來蘇志強的斥責。

雖然受到蘇志強責罵，可是蘇沐華卻覺得整個人輕鬆起來。至少這一次他有努力過，對得住梅煜與他的友誼。

梅煜顯然沒想到蘇沐華會爲他說話，訝異地抬首看去，便見對方雙目明亮地回望過來。

方悅兒見狀會心一笑。

或許蘇沐華說出這番話沒能起任何作用，反而引來蘇志強的責罵，可是方悅兒並不覺得他維護朋友的行爲很愚蠢。

有些時候有沒有用處並不重要，重要的是有沒有這個心、有沒有行動。

原本方悅兒還以爲蘇沐華會保持沉默地看著梅煜被欺壓，可這次他卻爲了維護對方，出言頂撞了素來敬畏的父親，這番舉動實在令方悅兒刮目相看呢！

蘇志強早已讓下人收拾好房間，柳氏來到後立即便可以好好休息。從他與柳氏的互動來看，蘇志強與這名失散多年的姊姊感情果然很好。

比較有趣的是，無論是方悅兒他們到來，還是梅煜將柳氏送來蘇家，身爲蘇家女主人的蘇夫人卻一直未露面。

蘇沐華曾提及他的娘親一心向佛，已茹素多年。方悅兒住在蘇家這段期間，發現蘇家設有一間佛堂，聽說蘇夫人每天大多時間都待在佛堂裡，甚至根本沒與蘇志強住在一起，反而另住在別院中。

身爲女主人，蘇夫人王氏卻不輕易露面，總是留在佛堂修行，蘇家的大小事務都交由管家打理。她這位女主人除了還未落髮，生活竟與出家人沒什麼區別。

幸好王氏的家族並不弱，蘇家也要顧忌幾分，再加上她的兒子是蘇志強的獨子，讓她有著任性的底氣。不然身爲當家主母卻沉迷佛法完全不管事，說不定早就被蘇志強休掉了。

王氏與蘇志強是家族聯姻，夫君未必是她心中所喜，因此對待蘇志強冷漠也算是情有可原。最讓方悅兒訝異的是，王氏連親生兒子蘇沐華也愛理不理。蘇沐華除了每天向王氏請安，一天下來也未必能再見到娘親一面。

現在蘇志強尋回失散多年的姊姊，王氏身爲姑嫂卻是完全不現身，可見她是不管事到什麼程度，以及與蘇志強的關係差到怎樣的地步。

「姊，妳的房間我已讓下人準備好，先去休息一下吧！」蘇志強的話拉回了方悅兒的思緒，少女聞言將視線投向柳氏。

柳氏本就是個沒有武功底子的弱女子，雖然梅煜沒有故意折騰她，只是多日的舟車勞頓還是讓她有些吃不消。蘇志強見柳氏纖弱的模樣，看向梅煜的眼神帶著一絲不滿。

柳氏聞言點了點頭，卻沒有隨同下人離開，反而來到梅煜面前，道：「煜兒，我眞的是無辜的，我又怎會向夫君下手呢？但無論如何……煜兒，我知道你不喜歡我們母子，可長暉終究是你的親哥哥，他現在已經成了一個廢人，你也成功當上白梅山莊的莊主，請當可憐可憐我們，好好善待他吧！」

柳氏把姿態放得很低，可是這番話卻綿裡藏針，讓人聽著覺得很不舒服。表面聽起來她只是重申自己的無辜，以及以一個母親的立場在擔憂留在梅家的獨生子。然而話裡的意思，卻又處處暗喻著她與兒子受到梅煜逼害。

尤其那句「你也成功當上白梅山莊的莊主」，聽起來怎麼都像是梅煜為了莊主之位，將梅莊主殺死後冤枉了柳氏。

別看柳氏溫溫柔柔看起來很軟弱，有了蘇家撐腰後，她頓時有些得勢不饒人，髒水一盆盆地潑過去。

這話要是對著方悅兒說，方悅兒一定頂回去。然而梅煜卻是好脾氣的人，聞言只是抿了抿嘴，允諾：「梅長暉是我的兄長，我自然會敬重照顧他。」

獲得梅煜在眾人面前公開保證，柳氏這才告辭離開。

蘇志強對柳氏這種狐假虎威的舉動完全沒有異議，甚至還當著梅煜的面對蘇沐華說道：「你姑母初到家裡還未熟識環境，沐華，你多照顧她一些。」

雖然蘇志強知道蘇沐華與梅煜是好友，也清楚兒子看不慣自己霸道的做法，然而將柳氏交給蘇沐華照顧，他卻是不擔心。

蘇志強很有自信，也自認很了解自己的孩子。在他眼中，蘇沐華這兒子雖然有諸多不如他意的地方，但至少聽話這一點讓他很放心。

這世上有許多像蘇志強這樣的父母，他們從不會正視孩子的需要與意願，只是一味要求他們依照父母的意願來行動。

見蘇沐華點頭稱是，蘇志強露出滿意的笑容，這才終於將目光投向自從進入蘇家後一直被他忽略的梅煜，客氣地招呼道：「真是麻煩梅莊主送家姊過來，最近敝家的商店想在翠霞古城開分號，如果梅莊主有興趣，我們去談一下合作的事宜？」

梅莊主死去不久，戴孝在身的梅煜尚未接受莊主之位，因此方悅兒他們至今仍是稱對方為「梅公子」。蘇志強卻直稱對方為「莊主」，語氣不僅沒有絲毫敬意，反而還充滿著嘲諷，彷彿在警告梅煜，要是他做出什麼讓蘇家不滿的事，他的「莊主」就不用當了。

狠狠下馬威後，蘇志強卻又打一棒子給一枚甜棗，道出想與白梅山莊結盟的意圖。現在梅莊主死得突然，白梅山莊正值風雨飄搖之際，與蘇家結盟的好處只有多不會少。

明明表現出來的模樣是個爽直的莽夫，可是做出來的事卻絕對是個有機心的梟雄的行爲。

方悅兒看著與梅煜一起離開的蘇志強，實在很想告訴對方他得意忘形之下有些崩人設了耶！

三、鬧鬼的院子

梅煜來到蘇家後，方悅兒等人便找了個隱蔽的地點聚集起來，一起商討接下來的計畫。

「我在錦華城有相熟的朋友，他告訴我威震鏢局是蘇家在錦華城中最大的經濟來源，是蘇家最爲重視的產業。要是這鏢局出事，就等同於對蘇家的挑釁，蘇志強必定不會袖手旁觀。」林靖道。

方悅兒聞言很想問一問林靖：你到底在什麼地方沒有認識的人？

這個人的交友能力實在太強大了！

對於林靖的情報來源，眾人是很信任的。連瑾建議：「既然如此，我們就如先前所討論那樣，以白梅山莊的名義去找鏢局的麻煩。只要將蘇家主引開，調查蘇家就容易很多了。」

眾人聞言皆沒有異議地點了點頭，就只有段雲飛對此計畫的做法不滿足，摸著下巴說道：「既然要把蘇志強引出來，我們不如一不做二不休，將人綁了吧？」

前魔教副教主的提議很剽悍，眾人沉默了一瞬，林靖好一會兒才打著哈哈道：「哈哈！段公子你眞是幽默。」

然而段雲飛一點都沒有開玩笑的意思，很認真地說道：「我不是在說笑。反正我們人多，即使蘇志強真的修練了魔功，面對我們這麼多人圍攻，他絕對沒有勝算。」

雲卓有些苦惱地揉了揉額角：「是，我們是能擊敗蘇家主，甚至活捉他對他嚴刑逼供。但無論是方夫人的死亡，還是當年林家的事，有關幕後黑手的身分都只是我們的猜測而已，要是弄錯了該怎麼辦？」

在魔教一直奉行「拳頭大便是道理」的段雲飛，理所當然地回答：「弄錯就弄錯了，還能怎麼辦？只能算他不走運，誰教他技不如人呢？」

段雲飛的話其實也有他的道理，可惜武林白道的事可比魔教複雜得多，遠沒有魔教的隨心所欲。門派之間的確也講究實力，可是背後還有很多利益與關係的牽扯。何況蘇志強武功高強，打不過的話難道不會跑嗎？要是讓他逃了的話怎麼辦？

像蘇志強這些行走江湖多年的武林高手，總會有些保命或逃跑的絕技。除非抱著把人殺掉的想法，不然他們實在沒百分百成功的信心能活捉。萬一讓人跑了，真相沒有逼問出來卻又打草驚蛇，要是被認出身分還不知該怎麼向蘇家交代，一個不愼說不定會變成門派之間的鬥爭。

他們只是想弄清楚眞相，又不是要與蘇志強不死不休，這樣撕破臉皮的做法實在不適合。

少數服從多數，段雲飛那將蘇志強引出去、把人圍毆一頓制住再嚴刑逼供的提案，被眾人冷酷無情地否決了。

對此青年也沒說什麼，只是聽著眾人的討論，心裡卻在想著偷偷實行計畫的可行性。

然而林靖卻看穿了他的小心思，笑著告誡：「要是你讓蘇家主逃跑，又或者逼供後才發現蘇家主是無辜的話，勢必會爲玄天門添麻煩，到時會被方門主討厭的喔！」

林靖這番話完全擊中段雲飛的軟肋，段大魔王只得把那陽奉陰違的小心思收起來。

既然喜歡上了對方，還決定要追求她，那就絕不能爲對方帶來困擾，也不能做她討厭的事情，於是段雲飛只得讓心裡的計畫胎死腹中。

看到段雲飛蔫蔫的模樣，再聯想到林靖的話，方悅兒等人才驚覺段雲飛原來對剛剛的計畫還未死心。

「……」竟然對綁架蘇志強如此執著，這人眞是讓他們不知該說什麼好呢？

方悅兒瞪了段雲飛一眼：「你可別胡來啊！」

段雲飛抓了抓頭髮，道：「知道啦！我不找他麻煩就是了。」

獲得段雲飛允諾後，少女這才滿意地點了點頭。雖然青年看起來很任性，但出乎意料地守諾。只要是他允諾的事，就不會違背。

眾人看著門主大人瞪圓了杏眼，明明很可愛的長相卻硬是露出凶狠表情來教訓段雲飛；而向來桀驁不馴的段雲飛，則像隻收起了爪牙的野狼，乖乖聽著方悅兒的教訓。玄天門眾堂主竟覺得這兩人的相處很和諧，看起來非常般配。

堂主們被自己的想法嚇到，立即甩了甩頭，隨即神色不善地看了段雲飛一眼。

竟然差點被段小妖精迷惑了！

段雲飛不明白自己好端端地坐在這裡什麼也沒做，爲什麼還會惹得雲卓他們不高興，銳利的眼神像刀片般刷刷刷地射過來。

雖然覺得雲卓等人的瞪視來得莫名其妙，只是他們是方悅兒身邊親近的人，無視他們好像不太好……於是段雲飛回看過去，露出一個充滿挑釁的笑容。

旁觀了全程的林靖：「……」

你還不如直接無視他們呢！

接下來的討論，一直在段雲飛與玄天門眾人互相瞪視之中進行。

方悅兒只覺大開眼界，原來眼神之間的戰鬥可以如此激烈，她幾乎覺得雙方來回的眼神都要幻化出刀光劍影了。

計畫在討論中逐漸完善，突然段雲飛皺起了眉，道：「有人過來。」

聽到他的話，眾人便止住了談話，果然很快傳來了步踏草叢的沙沙聲響。

在眾人的注視下，蘇沐華撥開荒草叢走了出來。青年看到方悅兒等人時雙目一亮，然而他並沒有立即向他們走來，而是維持著撥開荒草的動作站在原地。

很快眾人便知道原因了。只見許冷月與如意尾隨在蘇沐華身後出現，在青年爲她們開好的道路中姍姍走來。

雖然有蘇沐華在前面開路，但這種強行從雜草中開出來的小徑，對許冷月這千金小姐來說還是太難走了。

尤其許冷月還特別喜歡穿得一身白，平常是白衣飄飄很仙氣沒錯，可是穿著這身衣服走過雜草後，身上的衣服全都黏滿野草種子，在白色布料上顯得非常明顯，讓她看起來特別狼狽。

方悅兒見狀忍不住勾起了嘴角。許冷月平常都是一副不食人間煙火的清冷模樣，難得看到她這麼有人氣的樣子，比起先前那種無欲無求的仙子姿態，方悅兒反倒覺得現在的許冷月可愛多了。

然而許冷月並不知道方悅兒心中所想，還以爲對方在嘲笑她，頓時雙目一紅，泫然欲泣的模樣令人憐惜。

如意攙扶著許冷月走出草叢，見狀生氣地說道：「方門主，我家小姐已經這麼可憐了，妳怎麼還嘲笑她呢？」

方悅兒莫名其妙地眨了眨眼睛：「她怎麼可憐了？是缺了腿還是瞎了眼？不就是身上黏了些種子嗎？」

聽到方悅兒的反問，段雲飛直接「嗤」地笑了出來。

如意頓時語塞。她想回說自家小姐從未這麼狼狽過，只是這麼說又好像把許冷月說得太嬌貴了。畢竟爲她們開路的蘇沐華還未說什麼呢！

然而如意不說話，方悅兒卻不會就這麼罷休。

雖然方悅兒平常總是笑呵呵的沒什麼脾氣，但不表示麻煩找上門時她會傻乎乎地任人欺負：「又不是我叫許姑娘過來的，我們在這裡聚會，又沒有礙著妳們什麼。怎麼妳們突然過來打擾，還反責怪我嘲笑妳家小姐很『可憐』了？」

如意還想說什麼，許冷月卻已出言制止她。

如意抿了抿嘴，表情有些不忿，但仍是聽話地不再多說什麼，沉默替許冷月拍走黏在衣服上的種子。

在如意的努力下，許冷月很快便再次變回那個白衣飄飄的仙女樣貌。此時許冷月這才向方悅兒一福，道：「如意只是太著緊我而已，她不懂得說話，請方門主見諒。」

方悅兒也不是個得理不饒人的性子，既然對方表達出歉意，她便把這事情揭過。倒是如意一臉憤憤不平，顯然仍記恨在心，只是她這個侍女的心情到底如何，卻是誰也沒有在意。

連瑾用手中紙扇敲了敲桌面，瞇起一雙美麗的鳳眼，問：「蘇公子你們過來這裡，是找我們有什麼事嗎？」

在人家蘇家地盤上討論著怎樣坑他們的家主，方悅兒等人自然要找個隱蔽的地方。而他們所選擇的地點，是蘇家一座荒廢的院子。

傳說這院子是上任蘇家家主的一名妾室所有。這名妾室原本是正妻，只是後來家主寵妾滅妻，竟謊稱自己的妻子病逝，並將其囚禁在這座院子中，好讓妻子爲寵妾讓路。

那位被囚禁的夫人沒有子女，娘家也沒有人在了，她被困在院子裡叫天不應叫地不聞，根本沒有任何人會來救她。

她恨妾室取而代之，又恨夫君的狠心，便用血在房內寫下這些人的罪狀及各種惡毒的詛咒後跳井自盡了。

自從那位夫人自盡後，蘇家便開始鬧鬼。後來那名寵妾滅妻的蘇家家主與他的妻子還染上了惡疾，死時面目全非，淒慘的死狀與正室自殺前所寫下的詛咒竟是一模一樣！

前任家主未留下子嗣，於是便便宜了他的弟弟繼承了蘇家。而那位成爲新任家主的幸運兒，正是蘇家的現任家主蘇志強。

雖然當年那位家主及其妻子死去後，蘇家鬧鬼的現象便停止了，可是那位夫人曾經住過、最終跳井自盡的院子至今仍荒廢著。聽說路過這座院子的下人，偶爾還會聽到院子裡傳來女性淒切的哭泣聲。

正因爲鬧鬼傳聞，因此這院子在蘇家是個生人勿近的存在，人們經過時都會快步而走，更別說走進去了。方悅兒就是看中這裡人跡罕至，於是便挑了這鬧鬼的院子來開會。

當初聽到方悅兒建議在這裡商議時，段雲飛忍不住訝異。雖然他本人並不相信鬼神之說，但方悅兒就不怕嗎？

還是說方悅兒與他一樣，都不相信鬼魂的存在？

好奇之下，段雲飛就這事情詢問過方悅兒。

「嗯……我也不是不相信有鬼，只是覺得人比鬼可怕得多啦！」方悅兒想了想，補充：「何況那位妻子要是真的變成厲鬼，她一定恨死蘇家的人了。我們到這裡是要討論對付蘇家的事，她說不定反而很歡迎我們呢！」

「……」眾人仔細一想，竟然覺得門主大人這番話很有道理。不過被厲鬼歡迎什麼的……卻讓人一點也高興不起來啊！

眾人都不是膽小之輩，何況這院子的確是最適合商議的地點。最終他們便聽取了方悅兒的提議，來到這座鬧鬼的院子裡。這院子果然很清靜，一直沒有人前來打擾——直至蘇沐華等人出現。

蘇沐華他們並不會無緣無故踏足這裡，之所以進入院子，應該是特意來尋找方悅兒一行人。

果見蘇沐華道：「我們設宴為梅公子洗塵，看時間差不多就來找你們，誰知道遍尋不著，結果你們竟來到這座院子了。」說罷，青年有些不安地掃視了四周破舊的景象，小聲嘀咕：「你們應該也聽過這院子的傳聞吧？難道你們就不怕……」

方悅兒笑著解釋：「這院子的銀杏很美嘛。玄天門那邊很少能看到銀杏，因此就來觀賞一下了。」

聽到方悅兒的解釋，蘇沐華恍然大悟。這座鬧鬼的院子雖然破落，可是如同方悅兒所說的，這裡的銀杏特別漂亮。雖然蘇家其他地方也栽種了銀杏樹，但那些銀杏的顏色現在才剛轉黃，顏色並不純粹。反倒是這裡的銀杏葉子茂密，而且一片金黃色的非常漂亮。

當然，這美麗的景色落在蘇沐華眼中卻不怎麼美好了。因爲他忽然想起，傳說那位跳井自盡的夫人，生前特別喜歡銀杏……

該不會因爲鬼魂喜歡，因此這裡的銀杏才長得特別茂密吧!?

想到這裡，蘇沐華整個人都不好了！

「梅公子他們都在等著呢！我們還是快些離開這裡吧！」蘇沐華連聲催促道。雖然他已經很努力想在許冷月面前表現得對傳聞毫不在意，可是從他眼中壓抑不住的畏懼，以及一刻也不想停留的模樣，還是將心裡的害怕暴露得徹底。

反正要討論的東西都談得差不多了，方悅兒等人並沒有爲難蘇沐華，從善如流地準備跟著離去。

許冷月不久前得知蘇沐華要尋找段雲飛等人時，自告奮勇地要同行，便是爲了能抓緊時間多與段雲飛相處。可是對方從頭到尾都沒有將目光放在她身上，許冷月心裡不禁黯然。

即使她一直對自己很自信，但也開始不得不接受一個事實——段雲飛對她並無好感。

許冷月不知道爲什麼會這樣，她的美貌與才情向來都受到人們的追捧，可爲什麼段雲飛卻對此視而不見？難道她還不夠好嗎？

許冷月幽怨地回首看向段雲飛，卻正好讓她捕捉到身後刺眼的一幕。

一陣風吹起，漫天金黃的銀杏葉散落。段雲飛伸手拂走吹落在方悅兒頭髮上的葉子，隨即笑著不知說了些什麼，便見方悅兒氣鼓鼓地伸手拍了他一下。

段雲飛對此不以爲意，又笑著逗了方悅兒兩句，讓少女氣得鼓起了腮幫子，看起來就像隻生氣的小松鼠。

許冷月覺得眼前的情景有些刺眼，她並沒有錯過段雲飛眼中的溫柔。這眼神一直在她的夢中出現，然而現實裡卻是屬於其他女子。

女性對喜歡的人總是特別敏感，何況段雲飛根本從未遮掩過他對方悅兒的感情。

許冷月不是沒猜想過她心心念念的人也許已有了愛慕的女子，然而當得知那人竟是自己向來看不起的方悅兒時，少女心裡頓時充斥憤慨的情緒。

明明方悅兒已經擁有這麼多的東西，她在玄天門受著萬千寵愛、什麼也不缺，爲什麼還要來搶我的東西!?

這人怎能如此不知足？明明、明明我比她更加需要段公子啊！

許冷月愈想，就愈覺得方悅兒可恨。而且看著這兩人的相處，方悅兒對段雲飛的感情仍然懵懵懂懂，並未生出男女之情。簡直就是自己看中的寶物求而不得，其他人卻輕輕鬆鬆地把寶物撿走，還不明白其珍貴。

不！方悅兒甚至不須要彎下腰，是寶物自個兒飛去她掌心的！

爲什麼這個世界如此不公平？爲什麼方悅兒擁有著世間各種美好的事物，而我許冷月卻事事不順，愛慕的心上人對自己視而不見，反而去親近她？

方悅兒這個粗鄙的女子就這麼好嗎？

方悅兒既沒有才情，爲人粗魯又虛榮，鋪張又十分奢侈。明明是玄天門門主，卻不思進取，是武林中公認的笑柄。這樣的一個人，不就只是投胎投得好，有個當門主的爹，讓她繼承了一個大門派嘛!?

許泠月愈想，心裡對方悅兒的嫉恨便愈深。現在她已經鑽了牛角尖，覺得方悅兒是個橫刀奪愛的人，卻沒有想到，其實自己與段雲飛根本就沒有任何關係，即使沒有方悅兒，段雲飛也不見得會喜歡上她。

偏偏許泠月身邊還有一個同樣深恨方悅兒，而且唯恐天下不亂的如意。雖然如意並沒有看到段雲飛爲方悅兒拂走落葉的一幕，可是卻很了解侍奉多年的許泠月，能從主子隱忍的神情中看出她心裡的憤慨，再順著她的視線看過去，如意也猜到對方在想什麼了。

要是讓半夏這些眞正關心主子的侍女站在如意的角度，她們必定會勸解對方，盡力爲許泠月解開心結。畢竟雙方之間又不是什麼無法化解的大矛盾，何況許泠月對段雲飛只是單戀，被人搶奪意中人什麼的實在無從說起。

再加上雙方身分與背景太懸殊，方悅兒背後是如日中天的玄天門，而許泠月徒剩門庭敗落的許家；方悅兒身邊是敬她寵她的玄天門眾人，而許泠月卻只有一群想把她拉下馬的旁系親戚。

這麼一相比，兩者高下立見，正所謂「君子報仇十年未晚」，即使方悅兒真的對不住她，但現在對上門主大人無異是螳臂擋車，愚蠢之極。

可惜許泠月身邊的侍女並不是半夏等人，而是如意。

與向來被人捧得看不清自身定位的許泠月不同，如意難道還不明白自家主子對上方悅兒並非明智之舉嗎？只是如意是個器量狹小之人，她早就記恨上方悅兒。如意自己不敢招惹對方，便攛唆著主子與方悅兒對上。

反正在如意心中，自家小姐還有蘇沐華這個裙下之臣在呢！

在蘇家地盤裡，許泠月總不會太吃虧就是了。

四、井

方悅兒並不知道許冷月主僕都對自己懷仇在心，不過即使知道了，只怕也不會在意。

此刻少女的心思全都在思考著接下來的行動，依照計畫，雲卓等人會在下午找威震鏢局的麻煩，同時找機會引開梅熤，並放出風聲是白梅山莊下的手。

對如此自負、完全不將梅熤放在眼內的蘇志強來說，白梅山莊此舉無疑是打了他的臉。

無論是爲了威震鏢局帶來的利益，還是爲了蘇家的顏面，蘇志強必定會親自處理。

餐桌上眾人各懷鬼胎，眞正專心品嚐美食的沒有幾人。

雖說是特意爲梅熤辦的洗塵宴，方悅兒仍敏銳察覺到蘇志強的漫不經心，顯然並沒有眞心歡迎對方，只是在方悅兒等人面前做出好客的樣子。

然而蘇志強雖誠意不足，這場洗塵宴終究也是給了梅熤面子。兩人不久前的會談中，蘇家也交出了些利益來補償白梅山莊將柳氏交出來一事。再加上彼此還有蘇沐華充當緩衝角色，一頓飯吃下來倒也賓主盡歡。

飯後方悅兒慣例在庭園散步，只是她身邊的侍女卻不見了蹤影。

蘇家下人見狀，並未特別在意。江湖兒女不拘小節，方悅兒並不是那些要侍女萬年陪伴在側的大小姐。何況身處蘇家作客，又不是處在什麼龍潭虎穴中，方悅兒並不需要他人一直陪著。

四名侍女經常會因方悅兒想要獨處，又或者有其他事要處理而不在她身邊陪侍，因此路過的下人見狀並不以爲意，卻不知半夏等人這次離開方門主身邊，其實是爲接下來對威震鏢局的出手做準備。

畢竟在方悅兒一行人中，就以四名侍女的身分最不引人注目，加上她們武功不弱，因此這個重任就交到她們手上了。

這次的計畫方悅兒並沒有參與其中，無論是梅煜還是蘇志強都不是好糊弄的人。何況這次計畫事關重大，同時牽扯了兩大門派，方悅兒並不想因爲自己的關係而讓事情出現任何意外，因此她這個戰力渣還是不要摻和進去得好。

不能跟著一起去湊熱鬧，甚至還要做出完全不知情的模樣，方悅兒心裡不禁有點小鬱悶，便到處閒逛散心。

蘇家的銀杏的確漂亮，先前她說的話並不是騙蘇沐華的。玄天門確實沒有銀杏樹，方悅兒甚至還是第一次看到這種植物變成金色的模樣。銀杏金黃色的葉子雖不比花朵多彩多姿，卻是另一種壯觀與美麗。

只是這些銀杏樹的顏色黃綠不齊，遠不如那座鬧鬼院子裡的漂亮。

方悅兒悠閒地觀賞著銀杏，在她肩膀上的麥冬則專心啃著堅果，銳利的牙齒在堅果硬殼上咬出連綿不斷的「索索」聲。

自從天氣轉涼後，麥冬便換了一次毛，看起來整隻大了一圈，圓滾滾的像團毛球。

雲卓還曾經擔憂地詢問是不是該讓麥冬減減肥，方悅兒卻說那只是換毛後造成的假象，堅持不承認是自己零食餵多了。

即使她是經常帶著麥冬到處跑，也是最明顯感受到牠真的變重了的人……

要不是方悅兒有武功在身，一個姑娘家長時間被麥冬這麼壓著肩膀，只怕早已肩頸痛了！

方悅兒肩上頂著一隻胖松鼠，悠然欣賞著庭園景色，手則不自覺地摸上了腰間掛著玉珮的位置。

自從段雲飛把這塊木那玉珮送給她後，方悅兒發現翡翠玉珮觸感冰涼，握著很舒服，於是便多了這個不自覺的小動作。

平時方悅兒經常無意識地爲麥冬順毛，現在多了摸玉珮這個小動作後，順毛的次數便相對變少。近期麥冬看這塊玉珮時的眼神，簡直像在看一個與牠搶主人的小三似的。

原本方悅兒以爲會像以往一樣，伸手便能摸到光滑冰涼的玉珮，怎料這次卻摸了個空，少女這才驚覺掛在腰間的玉珮不知什麼時候不見了！

方悅兒心頭一驚，卻並未立即聲張。那塊木那價值不菲，要是讓下人幫忙尋找，說不定人家撿到後一時貪心便據爲己有。

少女思索後決定還是自己先找一找，眞的找不到再請人幫忙。

努力回想著今天最後一次摸上這塊玉珮的時間，以及自己所到過的地方……方悅兒想起自己逗留最久的，便是那座鬧鬼的院子，便決定先往那裡看看。

「嗯？那是方門主？她走的這個方向……難道又要去那座鬧鬼的院子嗎？眞不明白那人爲什麼喜歡那種不吉利的地方，眞是不講究！這麼粗鄙的女子，又怎比得上我家小姐分毫？眞不明白段公子到底喜歡她什麼！」正好路過的如意看到方悅兒離開的背影，不禁充滿嘲諷地說道。

雖然如意這番話有特意壓低聲量，附近也沒有其他人在，但許冷月還是告誡道：「就妳多事。正所謂隔牆有耳，這種話就別多說了。」

在以前，許冷月素來不太管如意的言行，畢竟如意很擅長揣測許冷月的心理，往往能夠撿著許冷月喜歡的話來說。許冷月雖然偶爾會裝個樣子說一下她，但其實對於如意的「快人快語」是很喜歡的。

然而自從被方悅兒取笑過她的侍女沒教養後，許冷月對如意這張利嘴便開始在意起來。

聽到許冷月的責備，如意立即乖巧地垂首稱是。眼簾低垂的同時，也遮擋了她怨毒的視線。

妳到底有什麼好威風的？

妳就只能在我這個下人面前逞威風，自己喜歡的人被別人搶去，還不是不敢哼聲！

想到許冷月被方悅兒搶了男人、淒慘的樣子，如意這才覺得心裡舒服了不少。

許冷月並不知道自家侍女正幸災樂禍地看自己笑話，見對方垂首聽訓的模樣，心裡滿意，神情略微緩和，隨即說道：「我們也跟過去看看吧！」

如意聞言忍不住訝異，原本覺得此舉不妥，可是想到剛剛許冷月對自己的指責，卻又心裡不忿，便把想要阻勸多一事不如少一事的話吞回肚子裡。

此刻如意對許冷月剛才的責備心生怨忿，再加上她本就記恨著方悅兒，甚至想著許冷月與方悅兒二人掐起來更好，無論誰勝誰敗，她也好出一口惡氣。

於是如意心裡雖想著情敵碰頭，許冷月說不定會吃虧，但表面還是贊同道：「還是小姐想得周到。那座鬧鬼的院子別人躲都躲不及了，方門主卻老往那裡去。跟著她過去，好看看她躲在那裡做什麼。」

許冷月對如意的話不置可否，一臉清冷地舉步急跟上去。

當許冷月主僕來到鬧鬼的院子時，遠遠便看到方悅兒正蹲在草叢中鬼鬼祟祟地不知在做著什麼。

院子已經荒廢多年，建築物上留有片片斑剝，地上更是雜草遍布，滿目瘡痍。這種荒廢的院落本身已給人陰森的感覺，更何況還有鬧鬼的傳聞。也不知是否心理作用，許冷月主僕從踏入院子起便覺得這裡的氣溫比外面陰涼，陰風陣陣，好不嚇人。

只是她們實在太想弄清楚方悅兒老往這裡跑的目的了，於是仍硬著頭皮朝對方走去。

方悅兒武功雖然不怎麼樣，但畢竟是個耳目聰敏的練武之人，許冷月主僕才剛進來院子，她便知道有人來了。只是少女並沒有理會，逕自埋首尋找她不見了的寶貝。此刻她滿心只想盡快尋回玉珮，並沒有心情去理會。

「方門主，妳在做什麼？」身後傳來許冷月清冷動聽的嗓音，方悅兒這才知道尾隨自己進院子的人是許冷月主僕。

聽到許冷月的詢問，方悅兒也沒有隱瞞，爽快道出自己的玉珮不見了。

方悅兒之所以對許冷月坦誠，並不是與對方的關係有多好。主要是因爲許家即使家道中落，但瘦死的駱駝比馬大，許家底蘊仍在，那塊玉珮即使貴重但也不至於讓許冷月生出貪念。再加上許冷月爲人高傲，更對黃白之物不屑一顧，理應不會偷走她的東西才對。

雖然許冷月身邊還有個如意在，不過這侍女與她的主子形影不離，要是許冷月不頷首，如意撿到玉珮也沒有將其獨吞的機會。

聽過方悅兒的解釋後，許冷月主僕皆有些失望，還以爲對方鬼鬼祟祟在這院子裡做什麼見不得人的事呢，原來只是有東西遺失了。

既然知道了方悅兒的目的，許冷月也不好袖手旁觀地什麼也不做，於是便表達出能與如意幫忙搜尋的意願，並詢問玉珮的樣式。

方悅兒喜孜孜地向許冷月道謝，卻無視著同樣在場的如意。其實方悅兒此舉並未有任何不妥，畢竟如意從進入院子後就一直沒有說話，主動提出幫忙的人是許冷月。雖然許冷月出手，如意勢必也要幫忙。可方悅兒總不能在如意什麼也沒有表示的情況下，自作多情地向她鄭重道謝吧！

然而如意一直自卑於自己下人的身分，對這類事情一向特別在意。因此見到方悅兒無視自己的態度後，心裡便怨恨得不得了，心想將來自己要是有飛黃騰達的一天，必定將方悅兒踩在腳下！

如果方悅兒知道如意心裡所想，必定會對此嗤之以鼻。這世上的確有些被人看不起的人是龍困淺灘的情況沒錯，卻不會是如意這種器量狹小的小人。這丫頭只懂耍些見不得人的小手段，卻屢屢在方悅兒手上吃虧，偏偏又心高氣傲地認爲自己不比別人差，還眞是自負得好笑。

方悅兒邊翻找草叢邊形容道：「那是一枚木那玉珮，上面雕刻了松樹枝葉與一隻松鼠。」方悅兒想了想，擔心如意未必知道什麼是木那，便把那枚玉珮的特點仔細描述了一遍。

許冷月並不喜歡華麗張揚的首飾，卻很喜歡玉石。雖然相較於翡翠，她更喜歡溫潤典雅的軟玉，可是聽到方悅兒擁有一枚高品質的木那時，她心裡還是止不住地羨慕。

許冷月壓下了心裡的不舒服，掃視著地面，正好讓她看到草叢中折射出一道光芒。許冷月連忙舉步往前，果然撿起了一枚美麗的玉珮。

雖然在聽方悅兒的形容時，已經對她要尋找的玉珮有了大概的印象，但許冷月仍是被這枚玉珮驚艷到。身旁的如意更是滿臉嫉恨，恨不得立即將玉珮搶過來據爲己有。

許冷月正要把玉珮還回去，卻聽到方悅兒小聲嘀咕道：「找不到的話怎麼辦呢……要是被段大魔王知道我把他送的玉珮丟了，不知道會不會生氣……」

許冷月倏地停下了前進的腳步。

原來這枚珍貴美麗的玉珮，是段公子送給她的嗎？

她怎能這樣！竟然輕易將玉珮遺失。要是收到段公子禮物的人是我，我一定會珍而重之地好好保存，絕不會像她這樣弄不見！

既然她不知道珍惜的話……那就讓我爲她保存好了……

被妒意蒙蔽理智的許冷月停下了原本要歸還玉珮的動作，轉而把玉珮藏在自己的荷包裡。目擊到她一連串動作的如意眼神閃了閃，卻沒有阻止。

方悅兒並不知道她以爲孤傲清高的許冷月，在身後將她的東西偷偷藏了起來，仍努力尋找著遺失的玉珮。

許冷月看著方悅兒蹲在地上努力尋找的模樣，心裡生起一陣復仇般的快意。第一次做這種事，許冷月不是不心虛，只是她告訴自己是方悅兒不好好保存才會遺失玉珮，而她只是代不珍惜玉珮的方悅兒將東西保管好，錯的人是方悅兒才對。想著想著，許冷月反倒變得理直氣壯起來。

就在許冷月想著用什麼藉口先行告辭，回去將玉珮妥善藏好之際，院子裡突然傳出陣陣嗚嗚的哭聲，嚇得她身子一抖，差點尖叫起來。

「小、小姐，那是哭聲嗎？這院子眞的鬧鬼！」如意嚇得快要哭了，甚至沒留意自己抓住許冷月的力度，在主子手臂上握出一道瘀痕。

但此時許冷月已被嚇得說不出話，不但沒責備自家侍女下手不知輕重，反而往對方湊近一些，畢竟害怕的時候身邊有人陪伴也是好的。

相較於許冷月與如意的驚恐，方悅兒雖對院子裡傳出哭聲感到驚訝，但倒是沒有這兩人那麼害怕。

畢竟方悅兒覺得要是院子裡眞有鬼魂存在，要害也是害蘇家人。既然先前蘇沐華進入院子都沒事，那麼那厲鬼總不至於現在才跑出來害人吧？

她也不認爲鬼魂能夠想殺誰便殺誰，不然這世上還要捕快做什麼？殺人凶手都被受害者的冤魂殺光了嘛！

所以方悅兒不但沒有逃離院子，反倒仔細辨出聲音來源後，朝傳出哭聲的方向走去。

許冷月與如意雖然都不喜歡方悅兒，可是在這種狀況下有一人表現得特別冷靜，慌張的人便會不由自主地將那人視爲主心骨。

因此許冷月主僕互相攙扶著，咬牙向方悅兒的方向緩步挪移過去。

其實她們也不是沒想過要逃跑，只是兩人嚇得腿都軟了，根本跑不快啊……與其轉身逃走，倒不如貼近方悅兒。門主大人的武功雖然不怎樣，至少比她們這些普通人好，出了事情也許可以保護她們。

兩人尾隨方悅兒走了一會兒，便見少女輕巧地躍上圍住井口的磚頭上。

傳說中，那位夫人自盡身亡的那口井！

「方、方門主？」許冷月頓時傻眼了。她立即想到的是方悅兒已被厲鬼附身，要往這井裡跳下去。

要是這人眞的要往下跳，她是救還是不救？

許冷月的腦海中突然閃現出方才段雲飛一臉笑意，爲方悅兒拂走頭上銀杏葉的情景……

我與如意力氣不大，方門主要眞跳下去，我們也無法拉住她，說不定還會把自己搭上去呢！

所以並不是我不願意救人，只是因爲力有未逮。

當許冷月連見死不救的準備都做好，如意更是雙目發亮地恨不得推方悅兒一把之際，卻傳來方悅兒恍然大悟的驚呼：「原來如此！這不是哭聲，是風聲！」

許冷月與如意聞言愣住了：「啊？」

方悅兒站在井口，探頭往黑漆漆的井裡打量，解釋道：「這是沒有水的枯井，而且裡面的空氣是流動的，起風時井裡便會傳出『嗚嗚』的聲音，聽起來就像有人在哭一樣……這應該便是院子裡會傳出哭聲的原因。」

「原來是這樣……是風聲嗎……」許冷月見方悅兒不是被鬼附身要跳井後，心裡不禁一陣失望。她知道自己這樣很不對，可是卻無法停止這種因嫉妒而生的陰暗情緒。

如意抿了抿嘴，隨即一臉好奇地上前：「眞的是風聲不是哭聲？」

方悅兒不疑有他，回答道：「對啊！妳們站得較遠，聲音有些散開，聽起來就更像哭聲了。不過像我這樣離井口近些的話，便能夠分辨出的確是風聲沒錯，與哭聲是不同的。」

「是這樣嗎？我也過去聽聽。」如意聽到方悅兒的解釋後便邁步上前，似乎也想要分辨風聲與哭聲的不同，但她彷彿仍有些害怕，到了方悅兒身後便不再往前走，只是探頭往井口處偷瞄。

方悅兒並沒有留意如意的動作，她正仔細觀察著身下的這口井，想看看井到底有多深。可惜下面實在太暗了，即使她將點燃的火折子丟進井裡，那點火光很快便消失，依舊探不出裡面的深淺。

就在方悅兒想要撿起一枚石頭往下丟，聽聽多久才有石頭落地的聲音時，身後突然被人用力撞了一下，力道大得將她撞離了原先站著的磚石，直直往井裡掉去！

在方悅兒身後就只有如意一人，到底是誰將她推落井中，答案不言而喻。她終究是大意了。

方悅兒認爲如意只是個不懂武功的小姑娘，便失去了應有的警戒。再加上兩人又不是有什麼生死大仇，因此更完全想不到對方竟會對自己下此毒手！

猝不及防地跌落井裡，方悅兒遇上這種狀況實在是無計可施，只能任由自己直直墜落。然而，她無法止住墜勢，卻不代表無法還擊！

「啊！」如意發出了淒厲的慘叫聲，原來是方悅兒在跌落井中時，脫手把手鍊上的幾枚寶石當作暗器射出，直直擊在如意的臉上。不僅毀了如意的容貌，其中一枚寶石更將她其中一隻眼睛擊瞎了！

方悅兒的動作乾脆俐落，要不是她內力不足，這幾枚寶石傷人的勁度稍弱，不然這樣的反擊不只是打傷，而是能要如意的命了。

五、隱瞞

一切發生得太快，當許冷月反應過來時，事情已無法挽救。方悅兒已掉落井中，而如意則因方悅兒的反擊受了傷。

眼睛本就是人體最脆弱的地方，何況如意又不是那些習慣皮肉傷的武者，雖然傷勢並不致命，卻承受不住劇痛，倒在地上發出淒厲的尖叫。

此刻如意心裡滿是悔恨，卻不是後悔自己心腸歹毒去害人性命，而是懊惱自己雖成功將方悅兒推下井，卻同時毀了自己！

一個姑娘家不僅被毀了容貌還盲了一隻眼，她的一生已註定完了。如意恨不得把摔落井底的方悅兒拉上來，再砍她十刀八刀以洩恨！

許冷月目擊這連串變故後整個人都呆了，也不顧受了傷的如意滿臉是血地哀號不止，此時的她已把自己向來看重的教養與儀態拋諸腦後，蹲在地上扯著如意的衣領怒喊：「如意，妳爲什麼要這樣做!?妳會害死我、害死許家的！」

如果讓玄天門眾人知道他們的門主死在她的侍女手上，玄天門那邊絕對不會管許冷月是否無辜，不僅會要許冷月主僕償命，就連許家也難逃一劫！

如意聽到許冷月怒吼，忍耐著傷口傳來的陣陣劇痛，勉強集中精神應付對方。

雖然她恨不得立即暈過去，然而現在的情況卻不容許自己失去意識。要是現在暈厥，也許便再也不能睜眼了。

如意忍著疼痛，顫抖著說道：「小姐……您、您怎能怪罪於我？我這麼做……這麼做還不是爲了小姐您嗎？只要方門主她不在，到時候小姐您便有機會……」

這是如意想好的說詞，在動手的時候，她早就想著要把行凶動機都推在許冷月身上。

許冷月從小與如意一起長大，雖說不上與她情同姊妹，但終究有些情分，聽到如意做這些事都是爲了自己，原本因受連累而產生的怨恨頓時消散不少，只是六神無主地說道：「唉，我該說妳什麼才好？妳這樣做也太衝動了，害了方門主的性命，我們也要爲她陪葬的！」

如意安撫道：「小姐，我這麼做的確是魯莽了。可是我眞的氣不過來，我家小姐什麼都比那個鋪張虛榮的方悅兒好，她憑什麼搶了小姐您的心上人？要是沒有方悅兒橫插進來，段公子一定能看得到小姐的好。」

如意一番話簡直說進了許冷月的心坎，使少女僵硬的面容稍微軟和，但仍是一臉的不贊同。

如意繼續遊說道：「小姐，其實您也不用太擔心。這院子平常不會有人進來，方悅兒走進來找東西時也避開那些下人，根本不會有人知道她來過這裡，還與我們兩人見過面。」

許冷月聞言愣了愣，仔細一想倒覺得如意說的對。先不論方悅兒失蹤後到底會不會有人尋到這口井裡，現在方悅兒已經死了，即使找到她的屍體，也難以辨認到底是誰將她殺害。

至於方悅兒也許還沒有死這種事，許冷月卻沒有想過。要是像段雲飛那種武林高手掉進去，也許還有脫困的可能，但江湖中誰不知道玄天門門主只懂得一些粗淺的三腳貓功夫？如意出手那麼突然，許冷月相信方悅兒生還的機會應該很渺茫。

現在最重要的，便是給如意臉上的傷勢一個合理解釋。

其實許冷月也不是沒想過將如意推出去，讓對方揹負所有責任，但如意是她的貼身侍女，萬一玄天門那邊認爲這些事是她授意的話，那許冷月眞是有十張嘴也說不清了。

何況貼身侍女犯了這麼大的罪，她這個當主子的即使能倖免玄天門的責難，但名聲必定會受到影響。許冷月這麼愛惜羽毛，又怎能讓自己的名聲有絲毫損害呢？

衡量過利弊後，許冷月決定依如意的建議行動。

她用髮釵幫如意把陷在傷口中的寶石挑出來，過程中，許冷月的手抖得不像話，完事後緊張得臉色煞白，看起來不比受傷的如意好多少。

如意對別人狠，待自己也狠，竟然堅持了全程也沒有掙扎，讓許冷月順利為她清理了傷口。

當許冷月將數枚寶石挑出來後，主僕二人全身都因冷汗而濕透，一個是嚇的，一個是痛的。

許冷月小心翼翼地避過蘇家下人，扶著如意來到庭園，把如意傷口上的血跡抹了一些在假山上。隨即她便大聲求救將下人引來，謊稱如意不小心摔倒在假山上，臉部正好砸在假山的尖角位置而受了傷。

聞風趕至的下人見滿臉是血的如意後皆倒抽一口氣，卻沒有人懷疑許冷月的話。即使大夫趕來後覺得如意的傷勢不像是摔倒受傷，但也只以為是許冷月教訓下人時下手太重而已。

畢竟不少富貴人家中，打殺下人是常有的事，這名大夫經常到名門大戶出診，大宅門內不少陰暗的事也多少耳有所聞。

反正受傷的人只是個侍女，而且如意本人也堅稱是意外，大夫懷著多一事不如少一事的想法並沒有聲張。

許冷月主僕見事情如她們預期般進展後，不禁鬆了口氣，更有信心自己能與方悅兒的死撇除關係。

然而她們那時沒有發現在如意將方悅兒推下井之際，有道白影從井中躍出，迅速跳至井邊的一棵銀杏樹上——竟是原本站在方悅兒肩膀上的麥冬！

麥冬速度很快，再加上那時如意的臉受了傷，而許冷月對變故還來不及反應，根本沒注意到麥冬逃出的這一幕。再加上後來主僕二人滿腦子都在想著如何掩蓋自身的罪行，誰都沒想到去確認那隻跟著方悅兒一起的小松鼠是否也掉進井裡。

當麥冬躍上銀杏樹後，牠回首看了許冷月與如意一眼，眼神充滿了憎恨，似乎想要衝上去給兩人一口。

只是擔心方悅兒處境的心情終究佔了優先，麥冬決定晚些再報仇，迅速離開這裡找救兵去！

此時被許冷月主僕認爲十死無生的方悅兒，卻出乎她們意料地仍然活著，甚至身上只有些小擦傷，比如意的傷勢輕多了。

雖然江湖傳聞方悅兒不思進取、武功非常差勁，但其實她的武功單看招式的話，是練得很不錯的，甚至還曾讓段雲飛驚艷。

可惜少女內力實在太差，因此總是顯得後勁不繼、力度也弱。

許冷月和如意也不知道，其實方悅兒的輕功也很不錯，因此她雖然著地時受了些傷，可是以這口井的深度來說，憑少女高強的輕功身法根本不足以致命，甚至要安然著陸也不是難事。

至於爲什麼受了些擦傷，這完全是她自找的。當時她因如意的偷襲而氣極了，忍不住在墜落時瞬間出手回擊，以致錯過了安全落地的最好時機……

方悅兒檢查了下傷勢，雖然只是皮肉之傷但仍然傳來陣陣疼痛。然而想到偷襲她的如意必定比自己淒慘百倍，方悅兒心裡的鬱悶感頓時減輕了不少。

果然，在自己倒楣的時候，想想討厭的人比自己更加倒楣，心情就是特別愉快吶！

江湖中人都會隨身帶著傷藥，方悅兒在傷口上了藥後便開始打量此刻自己身處的環境。仰首看上去，便見井口只剩下一點小小的圓形白光。光看這高度，少女便知道自己是上不去了，便不爲逃脫而做無謂的掙扎。

方悅兒不是沒想過大聲求救，只是想到這裡的人們都害怕院子鬧鬼的傳聞，聽到從院子裡傳出呼救聲，說不定還會嚇得繞道走呢！

何況她也不知道如意她們走了沒，要是這二人還在井邊停留，聽到她的求救聲知道她沒死，說不定還會丟些東西下來要砸死她呢！

想到如意的狠勁，方悅兒覺得她的猜測很有可能會成眞，因此爲了安全起見，少女還是決定保持安靜裝死，靜待別人前來救援。

雖然無法立即離開井底，不過方悅兒並不驚慌。她掉進井裡的時候，麥冬已成功脫身，她相信麥冬不會讓她等太久，很快便會帶人過來營救。

井口與井底的距離很遠，方悅兒無法依靠上方微弱的陽光視物；先前丟下井中的火折子已經熄滅，少女便再取出一個新的，依靠火光環視了井底一圈，卻在看清楚井底的環境後被驚到！

原本方悅兒並不覺得井底有什麼好看，之所以取出火折子只是擔心陰暗的井裡會住著什麼奇怪的小生物。聽說不少毒蟲都喜歡陰暗與潮濕的環境呢……

想不到利用火光看清楚四周時，卻有了意外之喜。

她竟然發現一條不知延伸至何處的祕道！

甚至在祕道的入口，還有人很體貼地在牆壁上掛了一盞油燈！

其實當她發現井裡傳出來的不是哭聲而是風聲時，便已察覺井底或許有通道，同時很好奇到底井底通向何處，才因此朝井底下望，給了如意偷襲的機會。

方悅兒上前取下油燈，發現裡面的油還很新，顯然這油燈近期仍有人在使用。

她點亮油燈後，站在祕道入口處往內張望。祕道傳來陣陣微風，少女不禁想起院子裡響起女鬼哭聲的傳聞，方才她還奇怪爲什麼井裡會有風聲，原來是這條祕道所致。

說不定鬧鬼的傳聞也是有人故意傳出，讓人對這院子卻步，好保護這個位處於井底的祕密。

方悅兒愈想便愈覺得是這麼一回事，故事中那名夫人跳井自盡，井裡更時不時出現令人毛骨悚然的哭號，這故事完美地遮掩了祕道傳出的風聲，還嚇得人不敢接近這裡。

猶豫片刻，方悅兒還是決定暫不冒險進入，等待救援的人前來再說。她自知自己武功不好，要是祕道設有什麼機關，她進去也只是給人送菜。

既然有了決定，方悅兒環視一周，確定井裡沒有其他發現後，便在井底席地而坐，等待著麥冬領人前來救她。

❀

此時被方悅兒寄予厚望的麥冬，正飛躍在各枝椏間迅速移動著，很快便找到牠要尋找的目標了。

因爲計畫將蘇志強引離蘇家，威震鏢局正在護送著的一支商隊，很倒楣地在快要回城之際被半夏等四位侍女攔路截劫。

隱藏了性別、蒙著臉的侍女們，連聲音也用藥物變得低沉粗獷，她們並沒有劫走任何財物，反而將那些威震鏢局的鏢師全都綁架了，並在言談間故意留下了要爲白梅山莊出氣之類的話。

爲免案發時梅熤這位白梅山莊的繼任莊主引起任何變數，林靖在洗塵宴後特意邀梅熤外出逛逛，將他引離開蘇家。

至於堂主們，在蘇志強收到威震鏢局求援後便會尾隨過去。屆時會由他們接手那些被綁架的鏢師，並擔負拖延蘇志強的重任。

各有任務在身的人之中，唯一留守在蘇家的段雲飛，則負責在蘇志強離開後調查蘇家。

之所以把這重責分配給段雲飛，除了他是連瑾之外輕功最高的人，也是因爲他孑然一身，即使被人發現，也不會連累到身後的家族或門派。

另外在商議任務時，方悅兒還特別強調，反正段大魔王整年身穿玄衣，去幹壞事時連衣服也不用換了。

天知道段雲飛出動時是在大白天，又不是夜探，玄衣根本沒有絲毫隱身效果呀！

對方悅兒來說，「玄衣」已經與「幹壞事」畫上了等號。少女的話讓眾人哭笑不得，卻沒有人對此做出反駁，段雲飛則默默收下這種詭異的人設……

麥冬找到人之時，段雲飛正穿著據說是當壞人必備的玄衣，偷偷潛入了蘇志強的房間。然而還未待他開始搜查，一道白影便直直撲了過來。

「麥冬!?」段雲飛查探房間時，正全神貫注地戒備著四周動靜，差點便出手將迎面撲來的麥冬擊飛，幸好在最後一刻看清楚這朝自己撲來的毛團，及時止住了掌勢。

見麥冬一副慌張的模樣上竄下跳，段雲飛滿臉問號。青年想叫小松鼠別鬧了，卻很快察覺到不妥：「悅兒呢？她沒有與你在一起？」

麥冬聽到段雲飛提及方悅兒，立即上前咬住他的衣袖拉扯了兩下，隨即便往前跑了幾步，再回頭示意對方跟上。

段雲飛見狀神色一變。方悅兒與麥冬形影不離，看麥冬的舉動，少女顯然遇上麻煩了。雖然段雲飛還有搜查蘇家的任務在身，可是一想到少女可能出事了，便毫不猶豫丟下任務，跟隨麥冬離去。

在他心中，沒有任何東西比方悅兒的安危更加重要！

如果丫頭出了什麼事……

這想法一生起，段雲飛無法遏止地顯露銳利的殺氣。

行走江湖多年，段雲飛遇過的事情多了。原本他認為自己無論面對任何情況也能處之泰然，可是當想到現在方悅兒可能遇上危險時，他才發現自己根本冷靜不下來。

滿心焦急的段雲飛已無法細想誰會在蘇家的地盤上對方悅兒出手，甚至方寸大亂地完全沒有掩藏行蹤，使出輕功跟著麥冬明目張膽地衝出蘇志強的房間，一路上被不少人看到。

青年沒有理會那些去通風報信，或者尾隨其後的下人，他全力追在麥冬身後。麥冬在速度上有著人類沒有的天賦與優勢，再加上被方悅兒以各種珍貴藥材餵養長大，速度更是非普通等級地驚人，絕不是那些下人所能追上。

很快段雲飛與麥冬便把身後那些尾巴甩掉，當他們來到那座鬧鬼的院子時，身後已空無一人，也不用擔心那些尾隨過來的下人會阻撓。

段雲飛見麥冬衝著井內吱吱亂叫，立即便猜到要找的人是掉落井裡了。青年頓時心頭一緊，立即對著井底呼叫：「丫頭，妳在下面嗎!?」

自從與方悅兒熟絡後，段雲飛便開始「丫頭、丫頭」地亂喊。畢竟大家變成朋友了，喊方門主太生疏。可方悅兒終究是姑娘家，雖然她有點厚顏地自認作他的妹妹，而段雲飛或許為了故意氣雲卓他們，又或者一時情急，也不是沒喊過對方「悅兒」，但他終究並非是她親哥呀。他又不像雲卓等人那樣是從小與方悅兒一起長大的青梅竹馬，總喊姑娘的名字實在太親暱了。

於是便不知不覺出現了「丫頭」這個親切卻又不會惹人誤會的稱呼。自從發現自己喜歡上方悅兒以後，段雲飛亦多了些小心思，不希望與其他人一樣，對方悅兒喊著相同的稱呼。

段雲飛是唯一會這麼呼喚方悅兒的人，「丫頭」成了段雲飛對方悅兒的專屬稱呼。

因此當坐在井底等待救援的方悅兒聽到這聲呼喊時，即使段雲飛的聲音傳到井底時變得有些失真，但她還是立即便知道前來救她的人是誰。

方悅兒想不到段雲飛竟然來得這麼快，她知道對方此時正在查探蘇家，本以爲他至少會在找出證據後才來救自己。畢竟他們這次能找到機會引開蘇志強並不容易，下次想要再不留痕跡地調查蘇家只怕很難了。

但段雲飛卻放棄了這麼一個大好機會，而看他這麼迅速便趕了過來，只怕麥冬才剛找到人求救，青年就立即放下調查的任務趕來了。

雖然方悅兒爲失去這麼難得的機會而十分惋惜，但想到對方將她的安危凌駕在這麼重大的祕密上，又覺得心裡暖呼呼的。

方悅兒懷著受到重視的感動，回應著段雲飛的呼喚：「阿飛，我在這裡！」

六、進入祕道

方悅兒的話一出，便見上方落下一條藤蔓。這藤蔓似乎纏綁在某個東西上，形成一條簡陋的繩索。

不待方悅兒利用藤蔓爬出井外，便有道黑影從天而降，來者正是剛剛呼喚她的段雲飛。

段雲飛對自己高強的輕功很有自信，他既未先查探井的深度，甚至沒有讓方悅兒退開便跳了下來。而他自己也確實有自信，下來時能穩穩落在方悅兒身旁，不會傷及少女分毫。

當段雲飛安全落地後，伏在他肩上的麥冬立即撲到方悅兒懷裡吱吱亂叫。方悅兒抱住麥冬溫言安撫，一雙杏眼則看向段雲飛。

段雲飛確定了方悅兒身上只有些微擦傷，而且已經上了藥後，吁了口氣，道：「是麥冬找到我，帶我過來的。這小東西可擔心妳了。」青年頓了頓，又低聲補充：「我也是。」

方悅兒聽到段雲飛最後那句話，不知爲何感到有些害羞，雪白的肌膚頓時泛起一陣紅暈，在火光下尤其明顯。

氣氛突然變得有些曖昧，方悅兒假咳了聲，便向段雲飛敘述自己爲什麼會掉進井中：「當時就只有如意站在我的背後，所以將我推下井的人肯定是她。雖然我一時不察讓她得逞，不過我也沒讓她好過，在掉下來時甩了她一臉寶石，至少毀了她一隻眼睛。待我上去後，再去找她算帳！」

段雲飛落到井底時，看到方悅兒拿著的油燈及井底的祕道，本來還以爲少女不知如何察覺到井底的異狀，前來查探時才不小心受困。可是聽完她的敘述後，才知道竟是被人害了，不禁感到一陣後怕。

段雲飛很想現在上去將妄圖害方悅兒性命的如意斬了，只是看到少女一副想要自己親自報仇的模樣，段雲飛還是決定將如意留給方悅兒處理。

雖然方悅兒被堂主們保護得很好，可畢竟也是江湖中人，該懂的她都懂，絕不是那種被欺負後只懂嚶嚶嚶的千金小姐。像這次如意想要殺她，方悅兒便殺伐決斷地予以反擊，一點都不畏懼見血。

段雲飛並不會覺得方悅兒殘忍，反而還很欣賞少女的愛恨分明。是如意要害人性命在先，既然她膽敢出手，便要承擔出手的後果。

要是方悅兒輕易饒恕如意，那才是腦子有問題呢！

怎麼辦？愈來愈喜歡她了……

方悅兒並不知道自己一番想復仇的言論讓段雲飛對她更爲傾心，她接著詢問段雲飛任務進行得怎麼樣，果然聽青年回答說他才剛摸入蘇志強的房間，什麼都還沒做就被麥冬找到、趕著前來救人了。

「我知道蘇志強很可能涉及妳娘親的死，只是妳的安危才是最重要的。要探聽蘇家的祕密將來總有機會，可是人沒了就沒了。」段雲飛說得認眞，而方悅兒也知道他說這番話是眞心的，因爲這人確實丟下了唾手可得的查探機會，選擇跟隨麥冬過來救她。

方悅兒想到這裡，心頭怦怦亂跳了幾下。這種情緒熟悉又陌生，說是熟悉，是因爲自從認識段雲飛後，她便經常產生這種突如其來的悸動；說是陌生，是因爲在以前，即使雲卓他們再怎麼關心自己，她也只是感到溫暖窩心，不會像現在這樣又甜蜜又慌亂。

段雲飛並沒察覺自己剛剛無意識撩了方悅兒一下，此刻他正取過方悅兒手中的油燈往祕道看去，查看了一番後建議：「我們進去探一探祕道裡到底有什麼吧。」

方悅兒聞言愣了愣：「你不去調查蘇家了？現在過去說不定還來得及……」

段雲飛有些不好意思地搔了搔頭，說道：「我得知妳出事後急著趕過來，驚動了不少人。既然已經打草驚蛇，蘇家必定會加強戒備，現在想繼續查探應該是不可能的了。」

段雲飛說罷，把目光投放到祕道入口，道：「既然原本計畫已不可行，何不向其他方向著手？這祕道設置在井中，說不定這才是蘇家最大的祕密。要是我們回去的話，勢必要向許冷月與如意討個說法，那時如意陷害妳的事情便會公開，而蘇志強也會知道妳曾經到過井裡，對此有了防備，我們往後要再查探這條祕道便會變得很困難。說不定我們發現祕道的消息才剛洩露，蘇志強便找個理由把井口封了。」

方悅兒聞言也覺得對方說的有理。這條祕道設置得如此隱蔽，其中必定有些蹊蹺。相較於蘇家其他地方，這裡也許隱藏著更加重要的祕密。

少女想起這座院子鬧鬼的傳聞，以及自己不久前對這些傳聞的猜測，說道：「你說這院子之所以傳出鬧鬼、讓所有人都不敢靠近，會不會是有人故意散播這個消息，就是爲了隱藏這條祕道？」

段雲飛頷首說道：「我也是這麼想，傳聞這裡會傳出鬼魂哭泣的聲音，應該也是爲了遮掩從祕道傳來的風聲。」

方悅兒聽到段雲飛與她想到一處，高興地點了點頭。

在掉落井底發現這條祕道時，她就很想進去一探究竟了，只是少女很有自知之明，知道要是裡面有什麼陷阱，以她的武功也許就再也出不來了。

現在有了段雲飛與自己一起進去，少女先前的擔心便完全消失。她非常信任段雲飛，有他的保護，再危險的龍潭虎穴自己也有信心去闖一闖！

方悅兒摸了摸麥冬毛茸茸的腦袋，道：「麥冬，你回到上面等待雲大哥他們回來，然後帶他們到這裡找我們。」

麥冬向方悅兒「吱吱」叫了兩聲，藉著剛剛段雲飛丟下來的藤蔓，輕輕鬆鬆便離開了井底。

❀

就在方悅兒與段雲飛正準備勇闖祕道的同時，蘇沐華卻是滿心焦慮，頭髮都快要愁白了！

青年今天事事不順，實在是一波未平一波又起。

梅煜的洗塵宴才剛結束不久，便有威震鏢局的人前來求見蘇志強。當時蘇沐華也在場，聽到竟然有人劫了威震鏢局的鏢，不僅留信將蘇家嘲諷了番，還將鏢師們全綁架了，那時蘇沐華簡直無法置信，還以爲自己聽錯了。

誰都知道威震鏢局是由蘇家經營，因爲江湖眾人都給蘇家面子，鏢局鮮少被人劫鏢。即使遇上一些不畏蘇家的亡命之徒，但鏢局的鏢師都是高手，每次都能成功保住鏢。

也正因爲如此，即使威震鏢局收費特別昂貴，仍然是客源不斷。同時這鏢局也代表著蘇家在江湖上的震懾力，是蘇家非常重要的產業。

這還是威震鏢局首次遇上須要驚動蘇志強的狀況。

這次之所以會讓蘇家如臨大敵，是因爲那些劫匪劫的不是貨物，是人！

對方絕對是衝著蘇家來的！

劫匪留下來的信中有不少挑釁蘇家的話，更寫明要蘇家家主親自前來救人，要是不來便是縮頭烏龜。

蘇志強對這件事很重視，滿臉怒意地離開了蘇家大宅前去處理。蘇沐華雖然很擔心，可是身爲沒什麼實權的少主，他實在插不上手。

蘇志強是個掌控欲很強的人，習慣把蘇家一切事情掌控在手中，完全不允許他人插手，即使是獨子蘇沐華也一樣。

甚至蘇沐華還有種感覺，隨著蘇志強年歲愈長，而自己漸漸來到可以獨當一面的年紀時，蘇志強看他的眼神便愈來愈忌憚。

要不是蘇志強只有他一個兒子，蘇沐華都想著他爹會不會故意打壓他，就只因爲擔心他這兒子會將蘇家家主之位取而代之了。

雖然蘇沐華對威震鏢局的事了解不多，但連蘇志強都被驚動，那麼事情一定很棘手。何況這事不知怎地還牽扯到白梅山莊與梅煜身上，蘇沐華不免憂心忡忡。

蘇沐華相信梅煜的清白，先不說白梅山莊有沒有與蘇家對著幹的底氣，以梅煜的性格，也不像是會下這種暗手的人。

只是好巧不巧梅煜受林靖所邀離開了蘇家，一時間找不到人證實，也更讓人覺得這時機過於湊巧，使得蘇志強對梅煜的懷疑倍增。

而蘇沐華空有著蘇家少主的身分，在蘇志強的霸道統治下卻沒多少話語權，也只能暗暗祈求這火別燒到梅煜身上了。

原本威震鏢局的事已讓蘇沐華非常煩心，結果不久又有另一件事發生。

下人慌慌張張地趕來，告知許冷月的侍女如意在庭園失足摔倒，跌倒時正好摔在假山上的尖銳處，不僅毀了容，更瞎了一隻眼。

聽到如意的傷勢時蘇沐華震驚了，心想那侍女到底運氣有多背，才能一摔就摔得毀容又眼盲啊!?

雖然如意只是個下人，可是她是許冷月的貼身侍女，從小與許冷月一起長大，在對方心中自然有著特別的情分。蘇沐華顧及許冷月的感受，再加上人是在蘇家出事的，反正蘇沐華也沒有其他事要辦，便過去表達一下關心。

當蘇沐華看到如意時，老實說他不僅被對方的模樣嚇了一跳，還完全看不出她到底傷得如何，因爲大夫把她的臉包得只餘一隻眼和一張嘴巴露出來……好吧，還有呼吸的鼻孔……

其實蘇沐華一直不太喜歡許冷月的這個侍女，不過他心思純良，見小姑娘受了這麼重的傷，還是爲她感到很難過。

安慰許冷月主僕一番後，蘇沐華正要告辭，卻見玄天門的四名侍女慌慌張張地闖了進來。

「蘇公子，不好啦！我家門主大人不見了！」

「我們找過房間與庭園，都不見門主大人的行蹤。」

「下人也說不清楚門主大人在哪。」

「唯一肯定的是，門主大人沒離開過蘇家，她應該還在蘇家裡，只是卻不知所蹤。」

方悅兒的四名侍女半夏、白芍、香櫞、山梔是長相一模一樣的四胞胎，現在她們以一樣焦慮的模樣連珠炮似地朝蘇沐華說著話，蘇沐華實在分不清楚誰是誰，唯一弄清楚的是——方悅兒在蘇家失蹤了！

先前所有麻煩事加起來，也沒有這件事情嚴重啊！

要是玄天門門主在他們蘇家出了什麼事……

蘇沐華雙腿一軟，差點便要跪了。

今天到底是什麼日子啊!?

❀

爲了引走蘇志強，除了方悅兒，今天玄天門眾人都有各自的任務。

四名侍女負責綁走威震鏢局的鏢師，劫鏢時她們除了蒙上臉，也做了一些僞裝，不僅讓人看不到容貌，還完全分不清楚她們是男是女。

不過面對的人是蘇志強的話，她們無法確定還能不能隱瞞住身分，何況她們也打不過對方啊……因此拖延蘇家家主的偉大任務便落在三位堂主身上，四位侍女將鏢師綁架後便由堂主們接力囉。

怎料她們高高興興地回到蘇家，自家門主卻失蹤了！

此時蘇志強已前去處理鏢局的事，於是她們只得嚶嚶嚶地找蘇沐華這位蘇家少主求助。

蘇沐華看著找自己求援的半夏等人，只覺得胃一抽一抽地痛。不過現在找人要緊，青年滿是歉意地看向許冷月主僕：「很抱歉我要先告辭了，請如意姑娘保重。」

侍女四人組剛剛屢尋不獲方悅兒後，急匆匆詢問了蘇沐華所在之處便趕來求助，因而忽略了在旁的許冷月主僕。

此時她們聽到蘇沐華的話便順著看了過去，頓時被如意的模樣嚇了一跳。四胞胎之中最活潑的山梔，更是嚇得指著如意驚呼：「這是什麼東西!?」

不是「妳是誰」，而是「這是什麼東西」，山梔直接將包得只露出一隻眼一張嘴的如意撇除出人類的範疇了。

如意神色頓時變得很難看，不過此刻她的臉全都被包住，也沒人能看得到她的表情。

蘇沐華假咳了聲，道：「這是如意姑娘，她今天不小心受傷了，所以……」

山梔等人聞言愣了愣，不過看如意臉包成這樣，也猜到對方是傷到臉了。身爲一個姑娘家，臉卻受了傷，這實在非常悲劇。

雖然侍女們都不喜歡這個老是找她們門主麻煩的人，可是知道對方傷到臉後，仍不禁爲對方感到惋惜，山梔更是不好意思地道歉：「抱歉，如意姑娘，我剛剛的話是無心的。」

素來牙尖嘴利的如意，這次卻出乎意料沒有得理不饒人，反倒十分通情達理地說道：「姑娘妳言重了……」其實如意是想喊對方名字的，只是她實在分不清楚四胞胎到底誰是誰：「我明白妳們的擔憂，玄天門門主失蹤這麼大的事，也難怪妳們驚惶失措，我不怪妳們。」

所有人聞言都驚訝了。

竟然沒有反唇相譏？沒有生氣怒罵？

蘇沐華突然覺得自己剛剛對如意的關心實在太不夠了！這丫頭不只生理，似乎連心理都產生了大問題呀！

不僅整個性格完全變了樣，如此通情達理的態度根本是換了一個人啊！她該不會是受不了刺激，瘋了吧!?

有著同樣疑問的還有四名侍女，她們都閉上嘴巴不敢再刺激如意了，對方和善的模樣很詭異啊！

如意對眾人的反應一臉問號，她只是因爲心虛，想要撇清殺害方悅兒的關係而裝裝樣子。

一直找不到方悅兒的話，與她向來關係很差的自己說不定會率先被懷疑，因此下意識裝出和善的模樣想補救一下。

可惜這舉動在許冷月眼中卻是多做多錯，反而更讓人覺得她奇怪了。幸好現在眾人似乎只是覺得如意受了刺激，並未將她與方悅兒的失蹤扯上關係。

其實如意應該要像往常一樣表現才最不引人注意，可惜做了壞事的人難免心虛，最終便是畫蛇添足。

許冷月雖然也擔心將方悅兒推落井一事會敗露，但她畢竟沒有直接參與，到時眞東窗事發也不會像如意的下場來得恐怖，因此她倒是較如意來得鎮定。爲免如意過度表現引來他人猜疑，她上前接過了話題：「事不宜遲，方門主突然失蹤，也不知發生了什麼事，你們快些派人去找她吧！」

半夏她們驚異於如意突然大變的態度，但更關心現在方悅兒的狀況，聞言頓時將如意剛剛的異樣拋諸腦後，也不再浪費時間，拉著蘇沐華便急匆匆地出去找人了。

七、恐怖陷阱

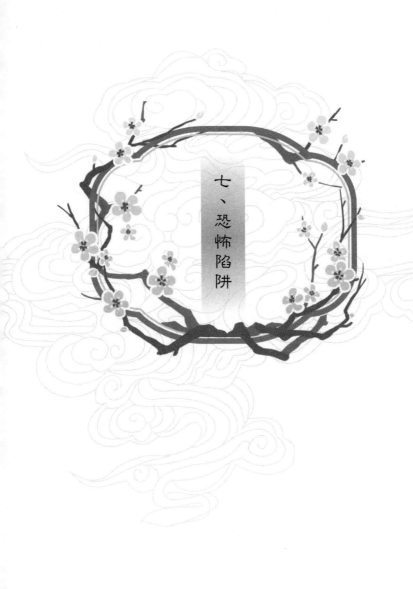

這邊廂以蘇沐華爲首的眾人，以要把蘇家掘地三尺的氣勢尋找著方悅兒的蹤影，那邊廂他們正在尋找的少女卻順著祕道離蘇家愈來愈遠。

方悅兒與段雲飛踏進這條祕道後不久，很快便遇上各式各樣致命的陷阱。方悅兒不禁慶幸自己一開始並沒有不自量力地闖進來，不然早已變成一具冷冰冰的屍體了。

……如果她還能有屍體殘留下來的話。

想到這裡，方悅兒目光幽幽地看向剛才位處地面、倏地打開來的機關，露出的那個大洞一眼。

這位置在他們走過去前，還與一般地面一樣，沒有任何異樣。結果二人踏上去不久，地板便突然下陷！

要不是段雲飛在機關發動時及時抱住她，並以卓越的輕功掠到洞穴另一側，只怕方悅兒早已掉進洞裡去餵蟲，最終屍骨無存了。

是的，餵蟲。

這個機關洞裡全是不明蟲子！

方悅兒自然不會小看這些蟲子的殺傷力，既然被安排在機關裡，必定不簡單，只怕不是有劇毒便是食肉的，無論哪一種，少女都不想挑戰。

這些不明的蟲子通體漆黑，外形像蜘蛛，可是卻只有六隻腳。蟲子在洞中走動，不停傳出「嘶啦嘶啦」的聲音。

即使方悅兒移開了視線不再看，光聽聲音，眼前還是會浮現那些毛茸茸的蟲腳不停移動的模樣……少女忍不住起了一身雞皮疙瘩。

好氣喔！

布置阱陷就算了，爲什麼要弄成這麼嚇人的模樣？

在洞底弄些尖刀什麼的不就好了嗎!?

方悅兒努力無視身後「嘶啦嘶啦」的聲音，不知與誰較勁似地氣鼓鼓前進，結果才剛前進沒多少步，少女便覺得腳下一空，竟然又再次觸動了機關，整個人往下掉去！

還不待方悅兒反應過來，一雙有力的臂膀便把她抱起，隨即方悅兒感到自己來到一個溫暖的懷抱裡。

段雲飛反應迅速地抱起方悅兒，並及時看出這次機關所觸發的洞穴比先前的更爲巨大，憑他的輕功無法順利凌空越過，於是便以祕道旁的牆壁爲落腳點，從中借力輕巧地躍到了大洞對面。

豈料二人才剛著地，地面竟然又再次下陷！

原本遇上多項陷阱也依然一臉雲淡風輕的段雲飛，此刻神情終於凝重起來。這次的機關設置在他力盡的落腳點，同時還因剛剛避過一個陷阱而心神鬆懈了幾分，他完全來不及使出輕功再次掠起，只得抱著方悅兒直直往下墜落。

這次的陷阱中同樣有著無數不明蟲子，眼看兩人快要掉至洞底，方悅兒覺得自己的心都快要跳出來了！

即使要死，方悅兒也不想是被蟲子咬死這種恐怖死法啊！

洞中的蟲子見兩人快要墜下，爭先恐後地擁到他們下方聚集起來，等待著新鮮肉食從天而降。

方悅兒看著下方的情景只覺頭皮發麻，然而當她抬頭看到段雲飛堅毅的神情時，心情似乎受到了感染般，竟隨之變得平靜。

輸人不輸陣，段大魔王能夠這麼冷靜，我也不能表現得太窩囊！

只是些蟲子而已，說不定牠們只是外表噁心，其實外強內乾，阿飛輕易便能幹掉牠們呢？

不得不說這些機關實在設置得非常陰險，一個陷阱設置在另一個陷阱旁，即使用輕功越過了第一個，也會因來不及借力而落入第二個洞裡。

方悅兒原本已做好對抗蟲子的戰鬥準備，然而出乎意料地，她根本沒有出手的機會，因爲就在快落地時，段雲飛一掌往下凌空拍去，掌風竟然瞬間將地面的蟲子凍結成冰塊；青年輕巧地降落在冰上，趁其他蟲子仍未擁上來的空檔再次使出輕功前進，一來二往便讓他輕鬆脫離了這個大洞。

方悅兒本以爲要經歷一場惡戰，想不到段雲飛的功法竟如此特殊，能將蟲子凍結成冰，使他們能清空出一個區域，藉以逃脫！

少女腦中瞬間閃過在剛認識段雲飛不久時發生的一件事。那時梅長暉剛受了重傷，得知自己成了廢人後情緒失控，把手中的藥湯往外扔，正好開門進去的她差點便被湯藥擲中而受傷。

那時段雲飛在千鈞一髮之際接住了碗，可是有些藥湯卻在過程中濺了出來。方悅兒記得當時她還誤以為段雲飛被燙傷，結果對方卻說那碗藥並不燙。

當時她好奇之下還特意探了下藥湯的溫度，的確一點也不熱，甚至還有些泛涼。

可方悅兒分明記得前一秒那碗湯藥還冒著煙，不可能會涼得那麼快。現在回想起來，應該便是段雲飛修習的是極寒功法所致。在接住那碗藥時，他同時利用內力將藥湯變涼，避過了燙傷的危險。

還有在夜探白梅山莊時，段雲飛能與修練魔功的蒙面人打得旗鼓相當，完全沒受烈陽神功威脅。另外，方悅兒又想起在綵燈會、蒙面人點燃松鼠花燈時，段雲飛直接赤手摀住燃燒的地方，迅速將火弄熄。那時青年只怕也是用上這種至寒的內力，因此才沒被花燈上的火焰燒傷。

段雲飛他……難道他……

此時段雲飛已帶著方悅兒安然著陸，他感覺到懷中少女渾身僵硬，以為對方被剛剛驚險的狀況嚇到了。

段雲飛猶豫了片刻，並沒有立即放開方悅兒，反而緊了緊抱著少女的手臂，手掌安撫地一下下輕拍她的背部：「沒事了，別怕。」

段雲飛的動作拉回了方悅兒的思緒，此時她整個人窩在青年的懷裡，因爲角度的關係，段雲飛並沒有看到少女複雜的神情，仍是小心翼翼地安慰著她。

方悅兒在段雲飛的懷裡待了一會兒，直至確定自己的心神已平復下來，不會被對方看出端倪後，這才仰起臉，道：「我沒事了。」

方悅兒有著一雙清澈明亮的杏眼，此刻從青年低頭的角度看去，更覺得這雙眼比平常圓潤了幾分，於油燈的火光映照下顯得濕漉漉的，看起來愈發像小動物的眼瞳。

好萌！

段雲飛連忙放開方悅兒，偷偷摸了摸鼻頭，檢查了下自己沒表現出任何異樣，這才鬆了口氣。

幸好沒有流鼻血……

丫頭這眼神的殺傷力實在太強大了！

方悅兒莫名其妙地看著段雲飛漲紅了臉，心想難道剛剛脫離陷阱時對方使力太猛，所以眞氣翻騰，氣血上衝造成不適了嗎？

少女卻不知道對方的確是氣血上衝沒錯，卻不是因爲內力使用過猛，而是其他的原因……

段雲飛拉開了兩人的距離，方悅兒因而不經意將視線投向剛剛差點坑得他們沒命的陷阱裡。

結果這一看卻是不得了！

「阿飛……看、看看那些蟲！牠們在互吃！」方悅兒瞪圓了雙眼，指著陷阱驚呼。

段雲飛回首查看，果見洞裡的蟲子在他們這些從天而降的「鮮肉」逃脫後，便開始互相噬咬吞食。

仔細看去，他還發現互相噬吞的蟲子下層，正不停湧現一些細小版的蟲子。這些小蟲成長的速度很快，但更多的是被同伴吞噬，成爲其他蟲子生存的養分。

青年還注意到，陷阱裡有某幾隻蟲子的顏色特別不同，牠們身上的螯毛更是像尖刺般堅硬。相較於普通蟲子，這幾隻變異蟲子進食的速度特別快，其他蟲子根本就不是牠們的對手。雙方遇上時，都是普通的蟲子被迅速吞噬，無一例外。

蟲子互相吞食的場面很噁心，方悅兒看了一會兒便別過了頭。

首次遇上拿蟲子當武器的陷阱時，她還覺得奇怪，這些蟲子一直待在阱陷裡，到底是靠著什麼維生。看著眼前「群魔亂舞」的場面，方悅兒總算知道問題的答案了。

這些蟲子是靠著吞噬同伴維生，而強大的繁殖能力，更能讓陷阱中蟲子的數量維持平衡，不會減少得太厲害。

段雲飛皺起了眉，神色有些不好看：「這些蟲子……應該是蠱蟲的一種。」

方悅兒訝異地眨了眨眼：「咦！阿飛你知道這些蟲子的品種嗎？」

段雲飛搖了搖頭，隨即解釋：「雖然我認不出這些蟲子的品種，但這些蟲子是蠱蟲的可能性很高。設置這個陷阱的人顯然非常了解這些蟲子，各方面設置也很高明。這個陷阱並不是將蟲丟進去便能完事，該如何配置、放多少蟲子在這裡，才能讓牠們在沒有外來者的狀況下保持數量平衡等等，其實是很困難的。蟲子的數量既不能增長得過多，讓牠們蟲疊蟲地跑出洞中；又不能太少，讓牠們互相吃得清光。甚至這些蟲子在沒有外來食物也能維持數量的狀態下，還能互相吞噬、進化……吞食同類以達至優化自身，這是蠱蟲最明顯的特點。如果我沒猜錯，這個陷阱的布置都是養蠱的手段。」

方悅兒想到娘親宛清茹當年就是因爲中了蠱毒而垮了身子，最終年紀輕輕便撒手人寰。她一直將蘇志強列爲可疑對象，而這條祕道正設在蘇家的一口井裡，方悅兒對蘇志強的懷疑就更深了。

還不待兩人多想，便見打開的洞口已然「啪」地闔了起來。祕道的地面頓時恢復如初，再也看不見那滿蟲子的洞穴痕跡。

方悅兒吁了口氣，知道現在想什麼也是枉然，他們只能繼續前進，說不定走到這條祕道的出口後，便能獲得他們想要的答案：「走吧！」

說罷，少女便邁步向前，然而走不了幾步，卻悄悄縮小了前進的步伐，偷偷拉近了與段雲飛的距離。

她是鬥志高昂要去尋找眞相沒錯，只是在這到處是陷阱的祕道裡，離段雲飛這個保護神那麼遠絕對是找死的行爲耶！

要是發生什麼事，段大魔王來不及救她怎麼辦？

看到方悅兒自以爲神不知鬼不覺的動作，段雲飛心裡暗暗好笑，裝作未察覺對方的小心思，大步上前牽著少女：「這裡危險，妳跟緊在我身邊吧！」

段雲飛的手很溫暖，彷彿驅走了地道的陰寒，讓方悅兒有些留戀，加上安全考量之下，她便回握了青年的手，以此表示同意對方牽著她前進。

然而這溫馨氣氛並沒有持續多久，段雲飛突然一把鬆開方悅兒的手，改爲用力按低少女的頭，方悅兒愣愣地感受到頭頂傳來「嗖嗖嗖」的破空之聲。

還未待她查看剛才在頭頂掠過的到底是什麼，段雲飛已攔腰將她抱起，隨即方悅兒感到天旋地轉，當她被段雲飛放回地上時，完全是一臉懵掉了的神情。

方悅兒暈眩了好一會兒，這才恢復過來。她看了看四周，只見剛剛她與段雲飛站立之處滿是利箭。不僅如此，四周牆壁、地面，甚至連祕道上方也插著密密麻麻的箭矢。從箭矢插入的角度推算，這些箭從四面八方射出，是幾乎沒有死角的攻擊。也眞不愧是段雲飛，帶著方悅兒這個扯後腿的，還能這麼輕鬆全數躲開。

「阿飛，我想看看這些箭。」方悅兒在查看前不忘先告訴段雲飛一聲，在對方有了準備以後才上前。畢竟現在她只能靠段雲飛保護，貿然行動並不是明智之舉。

其實進入祕道後，方悅兒的表現已經讓段雲飛刮目相看了。無論遇上任何危險，這丫頭都能努力保持冷靜、不去添亂，這對他來說實屬可貴。

要是他一邊忙著保命，耳邊還有一個人「啊啊啊啊」地拚命尖叫，那簡直是要命耶！

方悅兒上前檢視地上的箭矢，段雲飛亦步亦趨地尾隨在側。經歷過接連奪命的陰險陷阱後，少女行事也變得謹慎多了，她沒有擅自拔起箭，而是拿過油燈將箭矢好好觀察一番。確定箭身沒有毒後，這才小心翼翼地拔出了箭。

少女費盡九牛二虎之力，然而並沒有什麼卵用……

箭矢依然深深陷在地板裡，彷彿在嘲笑她的天真。

好氣喔！

方悅兒覺得自從進入這條祕道後，她的怒氣值一直持續上升，這裡每個東西都對她這個戰力渣表達出深深的嘲諷。

憑著一股莫名的怒氣，方悅兒完全沒有換拔另一支箭的打算。這支箭愈是文風不動，方悅兒愈是與它卯上。

段雲飛看著方悅兒邊拔箭邊跺腳，好像自己多跺幾下便能更容易拔出箭來似的，心都快要被萌死了。

少女這一連串動作看在段雲飛眼中實在嬌憨可愛，不過他倒不捨得讓她這麼生氣勞累，便出手為少女代勞。

結果方悅兒出盡全力也無法動搖分毫的箭矢，被段雲飛輕輕鬆鬆地拔了出來。

方悅兒瞪圓了雙目。

眞的好氣喔！

下一秒，段雲飛便將拔出的箭矢放到少女手中：「還想要嗎？想要哪支告訴我，我幫妳拔出來。」

雖然段雲飛這番話說得淡然，可是方悅兒並沒有錯過對方眼中的討好。

方悅兒瞬間想起玄天門那隻與阿飛同名的看門狗，忍不住將那隻狗搖著尾巴討好人時的模樣，與段雲飛現在的樣子相比……竟然還滿像的。

要是阿飛（人）有尾巴的話，現在應該已經搖出殘影了吧？

這麼一想，方悅兒突然覺得眼前的青年莫名有些萌啊！

方悅兒假咳了聲，壓下腦海中詭異的想像，搖了搖頭示意對方先不用折騰，隨即便仔細打量起青年遞到她手中的箭矢。

少女發現箭頭位置浮現著絲絲詭異的綠光，用隨身攜帶的銀針一探，銀針尖頭變黑，箭頭果然淬了劇毒。只要被這些箭傷到，即使只是小擦傷也足以致命。

方悅兒立即告訴段雲飛自己的觀察所得，青年指出：「這裡的陷阱都很不簡單，全是衝著取人性命設置的。即使武功高強如雲兒他們，遇上這裡的陷阱要是一時不慎，也會折損。」

方悅兒雖然武功不怎麼樣，可是眼力很好，自然也看出這些陷阱的危險程度非同小可，聞言感慨道：「挖掘地道的人費心設了這麼多陷阱，不知到底想要遮掩什麼呢？」

段雲飛笑道：「我們繼續往前走不就知道了？」

少女點了點頭，看著四周一片狼藉，想到先前的陷阱在打開後不久都會自動復原。可現在這些箭，總不可能自己從地面與牆壁拔出來再飛回去吧？

「阿飛，你說我們會不會是第一個觸發這陷阱的人？」方悅兒問。

段雲飛順著少女的視線看去，也猜到對方會這麼問的原因，搖了搖首，道：「不一定，掛在祕道入口的油燈，油還是新的，說明這條祕道經常有人出入。也有可能是那人進入祕道時，將已觸發的陷阱恢復原狀。不過這祕道入口如此隱蔽，還有那個鬧鬼的傳說掩護，說不定我們眞是第一批發現這條祕道的人。」

段雲飛說罷，看了方悅兒一眼，福至心靈地補充道：「能夠發現這條祕道，眞的託了丫頭妳的福呢！」

聽到段雲飛的話，方悅兒挺了挺胸腔，一臉驕傲。

雖然事實上是方悅兒被人謀害成功推下了井，實在沒什麼好自豪的……但看到少女喜孜孜的表情後，青年決定不多說多餘的話。

受到了段雲飛的稱讚，方悅兒頓時高興起來，看著對方的眼神也變得特別柔和。

段大魔王終於醒悟到，與其向對方表現自己的能耐，多讚賞心上人似乎還比較容易獲得好感。

青年瞇起了雙目，感到自己似乎打開了追求方悅兒的正確方式了！

八、倖存者

方悅兒與段雲飛繼續前進，接下來依然陸續遇上各種不同的陷阱。正當兩人感到不勝其煩的同時，卻又對這條祕道中隱藏的祕密更加好奇了。

這條祕道到底通往哪裡、隱藏著什麼祕密，才讓建造祕道的人花費心思設置了這麼多陷阱防止他人進入？

可惜再怎麼厲害的陷阱，在段大魔王面前也是不堪一擊。方悅兒在青年的帶領下，披荊斬棘地往前進，雖然那些陷阱並沒有對她造成任何傷害，可少女並沒有因此小看它們的危險性。

也正因爲有這些陷阱映襯，方悅兒對段雲飛高強的武力值有了更深刻的了解。

二人破解數個陷阱後，再次遇上蟲蟲的攻擊。

那是些從天而降的飛蟲，這些蟲子外表像長著翅膀的大型蜈蚣，牠們又薄又長的翅膀雖然脆弱，可是飛行速度卻很快。

雖然蟲子體形不算大，可是兩人完全不敢輕視，也不知這些未知品種的蟲子是否有毒。

兩人小心翼翼地避免受傷，誰都不想親身確認蟲子的毒性。

飛蟲攻擊力不強，可是數量多且速度快。最重要的是，他們完全不想被這些蟲子傷到，因此在對付牠們上花了不少時間。

這次戰鬥主力依然是段雲飛，方悅兒則躲到了稍遠的位置，清除那些在段大魔王攻擊下逃跑的漏網之魚。

段雲飛吸引了蟲群大部分的攻擊，飛到方悅兒那邊的蟲子並不多，她輕輕鬆鬆解決掉牠們後，還有不少時間可以來觀看青年的戰鬥。

段雲飛感受到方悅兒的打量，調整了下出手的角度，讓自己的動作更加流暢瀟灑。即使不再刻意於言語上展露自己的才華，但青年還是努力在心上人面前表現最出色的一面。

方悅兒看著像雄鳥求偶、炫耀美麗羽毛般的段雲飛，總算後知後覺地察覺到有些不對了。

雖然方悅兒在感情上懵懵懂懂地還未開竅，可是青年對她的感情實在表現得太明顯，尤其找到討好方悅兒的方法後，青年更是不遺餘力地變著法子讚美。

一、兩次下來，方悅兒還能欣然接受，然而次數一多，少女便開始察覺出異樣。

接著她發現，段雲飛看向她時，那從未掩飾的喜愛。

所以……大魔王喜歡上我了？

方悅兒想到這裡，白皙的臉龐頓時變得通紅。有些無措，卻並不覺得討厭，心裡還甜絲絲的。

想起近期段雲飛像吃錯藥般經常在她面前自吹自擂，然而現在察覺對方的心意後回想起來，這哪是向她炫耀，根本是努力在她面前表現出自身的強悍，想引起她的注意嘛！

想不到段大魔王也有這麼笨拙的一面。

現在回想起來，還滿可愛的。

所以……應該怎麼回應他的感情好呢？

方悅兒歪了歪頭，想到現在並不是談情說愛的好時機，而且她還要好好再觀察一下對方。最終決定要是對方不說破，她也就暫時將這件事放在一旁吧。

何況段雲飛身上有些祕密，方悅兒非常在意。

想到對方一直對自己隱瞞要找的東西，再想到他一身超強的冰系內力……方悅兒抿起了嘴，心裡已隱約有了不祥的猜測。

此時，段雲飛總算將最後一隻長著翅膀的蜈蚣殺死。方悅兒看著這些明明被斬開成了幾段，卻仍然在張牙舞爪扭動著的蜈蚣殘骸，感到一陣毛骨悚然。

即使已全部擊敗這些飛蟲，兩人仍須要小心腳下，以免陰溝裡翻船，被還未死透的漏網之魚咬到。

「再這樣下去，我都要對月族啊、蟲子什麼的有陰影了。」方悅兒抱怨道。

方悅兒知道月族擅蠱，但對蠱毒其實並沒什麼概念。這次進入祕道後簡直就被科普了蠱毒大全似的，方悅兒覺得以後遇見月族人，立即便會想起在這裡看到無數蟲子的經歷。

段雲飛聞言又忍不住想要找死了，正要好好嘲笑少女一番，卻在聽到一些細微聲響時止住了要說的話。

他向方悅兒比了一個噤聲的手勢後，凝神細聽著祕道裡的動靜。

方悅兒見狀連忙閉上了嘴，並像青年一樣關注著四周，就怕又有什麼奇形怪狀的蟲子從暗處跑出來。

「有人！我聽到了人的呼痛聲，似乎很痛苦的樣子。」段雲飛蹙起眉頭，神色凝重地說道。

「幸好不是蟲子……什麼！你說這裡有人!?」方悅兒聽到不是蟲子時鬆了口氣，隨即又反應過來。

這條祕道有人！而且那人還在求救！

「你說那個人在呼痛，會不會是誤入了祕道、落入陷阱的人？」早已被祕道層出不窮的陷阱弄得鬱悶，聽到這裡有人時，方悅兒頓時精神一振，並順著段雲飛聽到的聲音猜測。

段雲飛卻覺得這可能性不大：「這裡的陷阱如此危險，江湖上面對這些陷阱能全身而退的人並不多。不是誰都像我如此機敏，還擁有這麼強大的武功。」只要一有機會，除了有事沒事要稱讚方悅兒，青年仍不忘在少女面前推銷自己。

看看我多麼機靈，武功又高，臉還好下飯！

親，真的不考慮一下嗎？

以前方悅兒還會因段雲飛的自吹自擂感到無奈又好氣，然而察覺青年的心意後，少女看著努力推銷自己的段雲飛，莫名被對方萌了一臉血！

覺得自己特別帥的段雲飛，並不知道方悅兒正覺得他萌萌噠。自動將少女閃亮的目光理解為對自己的仰慕，青年拍著胸口保證：「我會好好保護妳的！」

這並不是段雲飛第一次說會保護她，可是方悅兒聽到後還是很動容。因為段雲飛這些話並不只是說說，多次證明，青年真的很用心地在保護她。這次甚至為了救她，還捨棄了查探蘇家的大好機會。

想到這裡，方悅兒不禁感慨以前的自己真是太遲鈍了。

如果段雲飛對她只是普通朋友的關心，遇上危險時也許會對她較為照顧，但以對方的性格，絕不會做到如此盡心盡力的地步。

段雲飛的內功比方悅兒好，自然比她更耳聰目明，因此在繼續往前走了一段路，方悅兒才聽到段雲飛所說的呼痛聲。

然而兩人還未找到那個痛呼呻吟的人，卻被眼前看到的景象驚到了！

此刻祕道兩旁不再是牆壁，而是一間間挖空而成的牢房。

有些牢房是空的，有些卻關了人……不！應該說有些有著屍體在裡面。

從屍體數量來看，每間牢房都分別只關了一人。倒臥在地上的屍體並沒有明顯外傷，只是這些屍體無一不是白髮蒼蒼的老人，全身枯乾地像失去了養分的植物。這些屍體死時都乾瘦如柴，死後變成沒有多餘水分的乾屍，因此屍體並沒有腐爛發臭。或許也正因爲如此，在牢房充足的情況下，這些屍體才被留了下來，沒有被人立即處理掉。

雖然屍體沒有腐化，可是模樣絕稱不上好看。方悅兒雖然噁心得皺起了眉頭，卻沒有因此退縮，忍住噁心感，觀察牢房內的狀況。

牢房裡沒有食物殘渣，就連便桶也沒有，再加上屍體沒有腐爛，所以並未傳出任何難聞的氣味。

段雲飛猜測：「難道這些人被關進來不久，很快便死掉了嗎？」不然怎麼不用排泄？最後那句話被他吞回肚子裡，身邊是自己的心上人，大刺刺地說「排泄」什麼的……大魔王表示感覺有點害羞。

發現無法再從這些屍體獲得線索，方悅兒便提醒段雲飛：「先前那個呼痛的人應該就在這些牢房中，我們去找找看吧。」

段雲飛點頭贊同方悅兒的想法。要是找到活口，那事情便會變得明朗起來。

二人不再花時間在這些屍體上，同時，前進的步伐也變得急促起來。在這些階下囚似乎都活不久的狀態下，他們眞的擔心那個發出呼痛聲的人會在他們趕到前，就已捱不下去死翹翹了！

終於，兩人在其中一個牢房中找到了那個人。

那是一個瘦得驚人的男子，他與那些屍體一樣躺臥在地，要不是他不停發出痛苦的呻吟聲，以及掙扎著扭動身體，方悅兒幾乎以爲他是屍體而錯過了。

即使這人以受害者的模樣被關著，但在狀況不明下，方悅兒並沒有貿然接近，而是與欄杆隔著一定的距離詢問：「你是誰？爲什麼會被人關在這裡？」

直至方悅兒出聲詢問，那個受痛苦折磨、一直發出呼痛與呻吟聲的人，才察覺到兩人的接近。

男子霍地抬頭，方悅兒看到他的臉就像那些屍體一樣乾枯憔悴、頭髮花白，只有銳利的雙眼有著與屍體不同的生氣，讓她一時無法界定這人的年紀。

男子看到他們出現時，眼中閃過強烈的喜悅及對生存的渴望。

他似乎想要站起來，可是身體卻無法支撐而狠狠摔跌在地，方悅兒與段雲飛也在他移動身體時，看到對方乾瘦的身軀上有著很突兀的大肚子。

方悅兒曾聽說在饑荒時，有些餓得狠的人也會像眼前這人一樣，雖然餓得皮黃骨瘦，可是肚子卻會超乎尋常地脹大。

因此看到男人詭異的模樣時，方悅兒脫口而出心中所想：「呃……你是肚子餓嗎？」

男子聞言愣了愣，在看到方悅兒眼中的善意時扯了下嘴角，似乎想露出笑容，可惜這笑容出現在他枯乾的臉上卻顯得十分詭異：「我這副模樣並不是因爲飢餓，自從被困在這裡後，我已經很久沒有感受過餓的感覺了。」

他頓了頓，補充道：「我名爲秦承耀，是被蘇志強誘騙到這裡的。」說到蘇志強的名字時，男子臉上露出了明顯的恨意。

方悅兒對武林的事情不太上心，並不知道秦承耀是誰，可是段雲飛卻聽過這號人物，青年訝異地說道：「你是秦承耀？明劍派的大弟子？」

秦承耀在武林中雖沒有段雲飛等人出名，卻也不是默默無名之輩。他是明劍派掌門的親傳弟子、門派裡的大師兄。而他實力也相當不錯，在劍道上有著很高的天賦，是公認的明劍派下任掌門。

段雲飛記得秦承耀正值壯年，可是面前的男子卻像個滄桑老人，不僅滿臉皺紋、骨瘦如柴，就連理應是黑色的頭髮也變得灰白。

秦承耀看到段雲飛無法置信的神色，苦笑道：「我是因爲功力被蘇志強搶奪，再加上他在我身體裡下了蠱，才變成現在這副鬼樣子。都怪我識人不清，竟然上了蘇志強的當。」

段雲飛曾聽說蘇志強與秦承耀應該是關係不錯的友人，如果眼前這人眞是秦承耀，那麼蘇志強與對方交好，也許從一關始便懷著惡意了。

只是段雲飛並不是個會輕易相信他人的人，眼前這個男人的外貌與傳聞中的秦承耀有很大的差異。雖然對此已有一番解釋，可是這些都只是這個自稱是秦承耀的人的片面之詞，青年對此還是抱持懷疑。

於是段雲飛便提出讓秦承耀拿出身分證明的要求，對此秦承耀並未感到反感，反倒在心裡讚賞這個年輕人的謹慎。

這種謹慎很重要，很多時候在江湖中能救自己一命。

「我腰間有個能代表我身分的腰牌，只有明劍派親傳弟子才有。」秦承耀似乎想伸手在身上拿出一些東西，可惜身體太過虛弱沒什麼力氣，於是喘了幾下，便告訴段雲飛腰牌所在的位置。

很多門派都會以特殊腰牌作爲弟子在門派中的身分憑證，像白梅山莊也是這樣的方式。段雲飛是聽說過明劍派弟子的確有腰牌作爲認記，只是剛剛一時想不起來。

男子倒臥的位置很接近欄杆，段雲飛隔著欄杆探手摸索了下，果見男子腰間掛著明劍派親傳弟子的腰牌，而腰牌背面還刻有他的名字，可以證實這男人所言非虛。

確定了秦承耀的身分後，方悅兒與段雲飛也分別向對方報上了名字。

他們都是武林中有名的大人物，對秦承耀來說，兩人的名字可謂如雷貫耳。想到眼前的年輕男女一個有著打敗魔教教主的高強武功，一個則有著號令玄天門的

崇高身分，秦承耀對對付蘇志強頓時有了信心：「蘇志強是魔教之人，他修練了魔功，更利用自己蘇家家主的身分抓捕不少武林白道的高手，囚禁在這裡吸取他們的內力。這裡的屍體都是受害者，我也是因為功力被蘇志強奪去，才會變成現在這副模樣。」

方悅兒奇怪地看了看對方高高隆起的肚子：「可是我們先前看到的那些屍體，與你的模樣有些不同啊！」

「方門主是指我的肚子吧？」秦承耀說到這裡，神色頓時變得冰冷：「其實那些人死前也是和我一樣，腹部不正常地隆了起來。那是蘇志強為了限制我們活動的能力，便把一些不明蟲子放進我們體內。那些蟲子在我們體內繁殖，腹部會漸漸隆起。當我們的內力被吸乾後，那些蟲子便會從口鼻爬出，最後只留下一具乾癟的屍體。」

秦承耀說這番話時，語氣雖然很平靜，也沒有特意渲染、營造陰森恐怖的氣氛，可是方悅兒還是聽得一陣毛骨悚然。

少女與段雲飛對望了一眼，二人皆猜測秦承耀口中的蟲子，便是月族族人使用的蟲蟲。

蘇志強不光用魔功吸取這些人的功力，還利用他們的身體養蠱！

這還眞的是物盡其用了……

想到這裡，方悅兒不禁敬佩起秦承耀，到了這種地步，竟然還能表現得如此冷靜。要是這種事發生在自己身上，不但身體裡養著眾多蟲蟲，這些蟲蟲將來還會從自己的口鼻爬出來……少女只是想想便起了一身雞皮疙瘩，根本完全無法淡定呀！

「你知道這條祕道的盡頭通往何處嗎？」段雲飛問。如果他們沒有遇上秦承耀，也許會一直往前走，直至查探出祕道的出口爲止。可是現在既然遇見，那就無法對受害人置之不理。

先不說見死不救這種事實在過不了自己良心那關，光是秦承耀的存在，便是揭發蘇志強罪狀的重要人證，他們必須全力保住他的性命。

只是段雲飛和方悅兒都不懂醫術，因此現下情況他們只得折返回去，找寇秋過來救人。

原本段雲飛只是心有不甘之下提出詢問，對秦承耀的回答並不抱持期待，怎料對方卻出乎意料地熟悉這裡環境，也許是因爲蘇志強已將自己抓的這些人視爲死人，因此做任何事時並未避開他們。

只見秦承耀露出一個嘲諷的笑容，道：「我猜祕道的另一端應該是通向魔教其中一個祕密據點。我的武功還算不錯，蘇志強一時三刻無法完全吸取我的內力，因此我在這裡待的時間比較長，不只一次看見疑似魔教的人在這裡出現過。這幾年林盟主深居簡出，蘇志強一直有將林盟主取而代之、帶領白道之勢。我們認同的白道頭領之一竟與魔教有牽連，想想還眞好笑！」

我們的猜測果眞沒錯！蘇志強果然身懷魔功，而且與魔教有牽連！

方悅兒聽到秦承耀的話，抿起了嘴，看向同樣心情不平靜的段雲飛。

雖然心裡早隱約有預感，但確定了先前的猜測後，方悅兒還是覺得十分震驚。

蘇志強這傢伙，把白道眾多門派都耍了！

在彭琛被段雲飛打敗、失蹤後，帶領魔教餘孽興風作浪的人，說不定根本就不是生死未卜的彭琛，而是蘇志強！

要眞是這樣，那麼蘇志強確實打了一手好算盤。不僅擁有了魔教那邊的勢力，還能藉著帶領白道對抗魔教的名義，大大增加了蘇家在白道之間的話語權。

他甚至還可以一邊擊退魔教以增加白道這邊的名望，另一邊利用魔教來抓捕白道之人幫自己練功，同時還能保持黑白兩道的平衡、兩邊討好，把所有人玩弄在股掌之中。

方悅兒與段雲飛對望了一眼，都從對方眼中看到了凝重。

段雲飛嘗試打開囚牢的欄杆，卻是無功而回。秦承耀說這裡的鑰匙都被蘇志強隨身帶著，要打開欄杆只能找蘇志強。

方悅兒想著無論是打開欄柵還是治療秦承耀，都要回蘇家主宅一趟，於是便對秦承耀說道：「我們先回去，要是找不到鑰匙，也一定會帶工具回來、破壞欄柵。」

難得來了人，可是待不了多久便要離開，即使意志堅定如秦承耀也忍不住生出想要挽留他們的想法。見秦承耀欲言又止的神色，方悅兒安慰道：「秦大俠，你知道我們玄天門的堂主寇秋嗎？他的醫術可好了，這次他與我們一起來到蘇家，我現在就回去帶他過來救你。」

寇秋這位小神醫在江湖中非常有名，秦承耀聞言立即雙目一亮，原本死氣沉沉的臉龐上，生出對生存的希望神采。

看著秦承耀的模樣，方悅兒心頭一酸，安慰了對方兩句後便不再多語，與段雲飛迅速回去找救兵了。

九、偷襲

在段雲飛與方悅兒折返回蘇家時，蘇志強絲毫不知道自己一直遮掩的祕密已被人發現。此刻他心裡滿是怒火，看著眼前這幾名在他追擊之下東藏西躲、硬是不與他正面交鋒的蒙面人，他深深感覺到被人愚弄的憋悶感。

自從成爲蘇家家主後，已很久沒有被人這麼耍弄了！

不過追逐了這麼久，蘇志強倒是排除了這些找蘇家麻煩的蒙面人是白梅山莊派來的可能性。

雖說這些蒙面人一直吊著他玩，雙方並沒有眞刀眞槍地實幹，可是能耍弄他這麼久，蘇志強能夠確定這幾人的武功絕對不低。

白梅山莊也不是沒有武功高強的高手，即使有某些人因不滿交出柳氏的要求而做些小動作噁心一下蘇家，但在他們正值權力交替的不穩定時期，重要的武力應該是留守在山莊內才對。

白梅山莊絕不會派出那些上層武力來冒險，就只爲了戲耍一下蘇家來出口氣。

而且與對方追逐了這麼久，蘇志強卻完全感覺不到對方有絲毫戰意。那些人只是在愚弄著他，實在奇怪得很！

蘇志強想破了頭，實在想不出蘇家到底得罪了誰，會被這麼耍著玩，卻又對自己全無任何惡意與交戰的打算。

一直逗弄著他卻又不肯交手，實在是神煩啊！

蘇志強再次揚聲道：「到底是哪條道上的朋友？像這樣藏頭露尾到底有什麼意思？要是對我蘇家有任何不滿，那就劃下道兒來！」

幾名蒙面人對望了一眼，隨即不約而同地掉頭就跑。

「……」蘇志強真的很想無視這些人，可是想到那些被劫的鏢師，只得咬牙切齒地追上去。

這幾名在武功上獲得蘇家家主很高評價、同時仇恨值拉得妥妥的蒙面人，正是雲卓、連瑾與寇秋三人。

他們正完美實行著拖延蘇志強的計畫，察覺到時間似乎差不多，而且再逗下去蘇志強都快爆了，他們便打算將人引去被綁架鏢師的所在之處後好撤退，卻見一名蘇家下人一臉焦急地策馬找來。

「家主大人！不好了！玄天門門主在蘇家失蹤，少主讓你盡快回去！」

蘇志強聽到那名下人的話後，瞳孔猛然一縮。如果方悅兒在蘇家出事，那麼後果不堪設想！

他立即便想到這次奇怪的綁架事件，再聯想到那幾名蒙面人一直不與他正面交鋒，只是一個勁地逗著他玩。蘇志強頓時將這件事聯想到方悅兒的失蹤上，發覺自己中了調虎離山之計！

一想到那幾名蒙面人，蘇志強這才發現他們趁自己聽到方悅兒失蹤後、心神不定時逃走了。

這就讓蘇志強更加確定了心中所想，那些蒙面人與方悅兒的失蹤脫不了干係！

蘇志強咬了咬牙，此時已完全顧不得那些被劫走的鏢師了，然而不去營救那些鏢師也不行，威震鏢局作爲蘇家最重要的產業，他不能輕易丟下不管。蘇志強匆匆到威震鏢局交代一番後，便立即起程趕返蘇家而去！

在蘇志強趕回蘇家的同時，早他一步回到蘇家的雲卓等人迅速換過一身衣服，在下人的帶領下找到正焦頭爛額尋人的蘇沐華。

聽到那名蘇家下人說方悅兒失蹤時，雲卓等人心臟都被嚇得要跳出來了！那時他們已顧不得什麼任務不任務，以及那些被他們綁架了的可憐鏢師，立即丟下蘇志強趕回蘇家。

當堂主們找到蘇沐華時，見對方一副愁眉苦臉的模樣，顯然對方悅兒的下落一籌莫展，雲卓等人心裡「咯噔」一聲，驚慌的情緒充斥心頭。

此時因心裡發虛、關注著事態發展的許冷月也在。就連罪魁禍首如意休息了一會兒後，也忍住傷痛來到這裡以「陪伴小姐」的名義等著消息，完全一副受了傷也不放心留下主子一人的忠僕模樣。

蘇沐華看到堂主們惶然失措地出現，立即一臉歉疚地上前安慰：「我已經派人去尋找方門主了，相信很快便能夠找到她。」

青年這番話說得很沒底氣，他心知方悅兒不可能無緣無故消失，很有可能是在蘇家發生了什麼意外。

何況發現方悅兒失蹤後，蘇沐華已讓下人掘地三尺地找也找不到人。隨著少女失蹤時間愈久，遇害的可能性也愈來愈高。

只是身爲蘇家少主，現在蘇志強不在，蘇沐華怎麼都必須先穩住局面。

「有下人報告，他們看見段公子從我爹房裡衝出來，隨後不知去哪了。過了不久，便傳出方門主失蹤的消息。說不定段公子的異常舉動與方門主的失蹤有關。然而現在不只方門主，就連段公子也不知道去向，我們根本無從詢問。」蘇沐華頭痛地道。

雲卓等人聽到連段雲飛也失蹤了，神情變得更加難看。

就在蘇沐華滿心擔憂著自己不知還能穩住雲卓他們多久時，蘇家的頂梁柱蘇志強終於風塵僕僕地趕了回來。

蘇志強才剛抵達，也不問事態發展，當著眾人的面直甩蘇沐華一大巴掌！

「我讓你好好招待客人，你就是這樣招待的嗎!?」蘇志強劈頭蓋臉地責罵。

其實他也知道方悅兒的失蹤並不關蘇沐華的事，只是他必須要做出一個姿態，同時也希望藉此能平息玄天門眾人的憤怒。

他不想負荊請罪，就向蘇沐華下手了。連獨生子都被他親自當眾責罰，這誠意應該已很足夠了吧？

至於蘇沐華的感受……這從來就不是蘇志強所關心的。

蘇志強下手很狠，雖然沒有使用內力，可是力度卻很大。蘇沐華的臉頰迅速紅腫起來，嘴角還破損流下血跡。

相較於身體的傷害，蘇沐華心靈上所受到的痛苦更甚。被父親當眾甩巴掌，這對任何人來說都是很難堪的事。更何況這裡還有一眾蘇家的下人在看著，這讓他這個蘇家少主情何以堪!?

即使蘇沐華平時再孝順、再尊敬蘇志強，此時心裡也忍不住生起怨恨等負面情緒。

現場的下人也恨不得將自己縮小得讓人看不見，目擊少主被家主責罵的場面，他們心裡既尷尬又忐忑，也不知蘇沐華會不會在事後遷怒他們這些目擊者。

「你們留在這裡幹嘛?還不快些去尋找方門主?」蘇志強冷哼了聲，朝在場下人一臉不耐地揮了揮手，下人們立即如獲大赦般地離去。

蘇志強連自家兒子都打了，在確定方悅兒的安危前，雲卓等人倒不好蠻纏，雲卓假咳了聲，詢問：「半夏她們呢?」

蘇沐華道：「半夏姑娘她們因爲擔憂方門主的安危，主動要求與下人們一起搜索。」

剛說人人便到，侍女們聽到三位堂主回來後便趕了過來。

一眾侍女遠遠看到堂主們，便像找到主心骨般嚶嚶嚶地跑來：「堂主！」

然而有一道白影比她們更快，「嗖」地越過了四位侍女，隨即直接躍上了雲卓的肩膀。

正是離開井底後，一直在蘇家待命的麥冬！

麥冬之所以現在才現身，是因爲牠雖比尋常的松鼠聰明、懂人性，可是終究只是隻小動物，並不如人類般懂得變通。

因爲方悅兒的命令是「回到上面等待雲大哥他們回來，然後帶他們到這裡找我們」，即使牠看到半夏這些熟悉的人回到蘇家，卻還是沒有行動，遵守著方悅兒的命令繼續躲起來靜靜等待。

直至雲卓他們回來，這小傢伙才離開了藏身的樹蔭，現身爲他們帶路。

「麥冬！」眾人看到小松鼠出現，皆露出驚喜的神色。只是仔細觀察的話，便會發現許冷月與如意的笑容非常勉強，如意甚至還忍不住恐懼地退後了兩步。

麥冬經常與方悅兒待在一起，在方悅兒失蹤前，有蘇家的下人曾在庭園看到方悅兒經過，那時麥冬正待在少女的肩膀上。

現在麥冬現身，說不定能從牠身上獲得找尋方悅兒的線索！

還不待一臉驚喜的雲卓詢問，麥冬便已主動離開了他的肩膀，跳到地面一副要帶路的模樣，甚至還回頭向雲卓等人「啾啾」叫了幾聲，通曉人性的小模樣可愛得不得了。

然而如意看著麥冬的眼神卻充滿了殺意。現在她恨不得撲上去殺死這隻松鼠，卻又礙於身邊眾人，只能對著麥冬乾瞪眼。

如意卻忘記眼前這隻小松鼠其實一點都不弱，要是她眞想不開對麥冬出手，到時倒楣的一定不是麥冬。

這一次帶路，不像先前那樣急著帶人去救援，因此麥冬一點都不著急，不快不慢地在前面指引。見麥冬悠閒的模樣，玄天門眾人都鬆了口氣，這樣看來方悅兒應該沒遇上什麼大麻煩才對。

然而想著很快便能找到自家門主的玄天門眾人，卻被麥冬帶到了那座鬧鬼院子。

許冷月與如意見麥冬準確將眾人帶到院子裡，原本還抱持著僥倖之心的兩人頓時惴惴不安。現在她們滿心期盼方悅兒已如預料般死去，即使眾人找到她的屍體也是死無對證。

同樣無法高興起來、懷有其他心思的人還有蘇志強。一開始他是滿心期盼著方悅兒不要出事，畢竟少女在蘇家出事的話，蘇家怎樣都有著一份責任。

然而當麥冬帶著眾人來到這傳聞鬧鬼的院子時，蘇志強卻已對翻找整個蘇家也找不出來的方悅兒，以及隨之失蹤的段雲飛的去向有所猜測了。

如果他們真的發現隱藏在院子井底的祕道……蘇志強倒寧可方悅兒一直失蹤，遍尋不獲。

要是方悅兒在蘇家失蹤，甚至死在蘇家，雖然蘇家會受到玄天門的責難，可只要不是蘇家的人直接下手，那麼責任也不完全在蘇家上。到時他們只要捨下面子道歉，再割捨一些利益，玄天門也無法說些什麼。

然而萬一祕道裡的祕密被公開，這絕對是對整個蘇家、對他蘇志強毀滅性的打擊！

麥冬並不知道許冷月主僕及蘇志強心裡的忐忑，牠用著松鼠特有的輕盈步伐，蹦蹦跳跳地帶領著眾人來到方悅兒出事的那口井邊。

眾人見麥冬跳上井口的磚頭，對著井裡「吱吱」叫著，皆不禁露出驚訝神情。

連瑾訝異地詢問：「麥冬，小悅兒她……該不會掉進井裡了吧？」

麥冬不會說話，但當連瑾提及方悅兒的暱稱時，牠再次衝著井裡吱叫了幾聲。

眾人一陣沉默，一時間都不知該說什麼才好了。

難怪幾乎將蘇家翻遍也找不到方悅兒，原來玄天門門主閒來沒事找了個井來跳跳看？

蘇沐華甚至還想到這個院子的鬼故事，想到傳聞中那女鬼是跳井死的，突然就覺得方悅兒這次的事件超不尋常！

背脊都涼起來了有沒有！

這座殘破不堪的院子，在蘇沐華眼中變得愈發陰森恐怖。

「門主大人，妳在下面嗎？」寇秋對著井裡大喊了聲，可惜卻沒有人回答。然而眾人並沒有失望，至少此舉讓他們發現井內傳來石子落地的聲響，確定了這是一個沒有井水的枯井。

猜測方悅兒只是進到井裡後，玄天門眾人消除了最後一絲不安。其他人也許不清楚，可是他們這些與方悅兒親近的人都知道少女的輕功其實很不錯，只是因爲沒有內功支撐而無法持久。

雖然不知道這口井有多深，但是既然裡面沒水，那麼理應對方悅兒不會造成太大的危險。

連瑾朝井裡丟了一枚小石頭，從落地聲出現的時間來看，確定這口井不算很深，玄天門眾人的神色更是完全緩和下來了。

「這裡綁著一條藤蔓，看起來像是通往井底。我們要下去看看嗎？」寇秋發現到當初段雲飛下井時特意束著當退路的藤蔓，滿臉驚喜地詢問。

藤蔓的狀態還算新鮮，看起來是被人特意綁在此，眾人見狀就更加認定方悅兒是在井裡。

相較於因找到了線索而笑逐顏開的雲卓等人，某些人的心情就不那麼美妙了。

蘇志強見眾人興致勃勃準備下井找方悅兒，握緊了拳頭，心裡的殺意攀升至頂點。

地道的祕密絕不能被別人知道！

這些人，一個也不能活著離開！

殺！殺掉他們！

只要把這些人全都殺掉，就誰也不知道我的祕密了！

雖然玄天門幾個堂主的武功都不弱，但這些人對我沒有防備，只要找準機會偷襲……

蘇志強眼中滿滿都是惡意，然而他卻一直將殺氣收斂在他人無法察覺的程度，就像頭低伏身體、靜靜潛伏在獵物身邊的野狼般，等待最好的時機將獵物一擊致死！

此時眾人絲毫未察蘇志強的殺意，正滿心想著下井去把方悅兒找回來。

蘇沐華身為蘇家少主，原本打算肩負起第一個下井的責任，只是在他自動請纓前，連瑾卻已躍躍欲試地站到井口邊緣，輕功卓越的他還未待眾人反應過來，便已往井裡一躍而下。

「哎呀！他這樣沒關係嗎？」如意對武功的深淺並沒什麼概念，看到連瑾面不改色地往井裡跳時，不禁訝異地驚呼出聲。

蘇沐華看到連瑾已主動下去查探，就打消了率先下井的念頭，並解答了如意的疑惑：「剛剛聽石頭落地的聲音與時間，這井並不算很深。連堂主的武功那麼高強，自然不會有問題。」

「那方門主呢？」許冷月彷彿壓抑著什麼情緒般詢問。

雖然覺得許冷月主僕似乎對方悅兒的安危有些過於關心，不過找到了方悅兒失蹤的線索後，蘇沐華一直緊繃著的心情鬆懈下來，也沒太深究兩人的異樣。

蘇沐華對於意中人的疑問，自然是有問必答：「方門主的武功雖然不高，但輕功什麼的也應該懂……這高度我想她頂多受些傷，可是性命應該是無礙的。」

蘇沐華從未看過方悅兒出手，因此也不太清楚她的實力。只是江湖上都說玄天門門主不思進取、坐擁眾多武功祕笈偏偏武功不行。空穴來風未必無因，故此蘇沐華便推測方悅兒的武功應該高強不到哪去。但對方身為玄天門門主，也不可能真像普通人一樣，沒有絲毫武功底子，因此便給出了這個回答。

許冷月恍惚地點了點頭，現在她無法繼續欺騙自己，幻想著方悅兒已死在井裡了。

想到那條綁在井邊的藤蔓，再想到被下人撞見行色匆匆地用輕功掠走、同樣失蹤了的段雲飛，許冷月心裡滿是苦澀。

段公子他……是不是與方門主在一起呢？

他是不是已經知道，是如意將方門主推下井的？他會遷怒於我嗎？

到底方門主有什麼好，值得段公子這麼記掛關心？

許冷月頓覺心灰意冷，並沒有發現如意聽到她與蘇沐華的一番對話後，默不作聲地緩緩退後，默默拉開了自己與眾人的距離。

在蘇沐華等人談話期間，在井底的連瑾正環視著下方的環境，驚呼：「咦！這裡有東西……是祕道！小悅兒說不定進到裡面去了！」

蘇沐華聞言一臉訝異，他在這裡出生長大，從不知道家裡還有這條祕道存在。下意識地，他便將視線投向父親蘇志強身上，正好看到對方突然出手偷襲準備下井的雲卓的瞬間！

蘇志強出手快如閃電，偷襲的時機更是抓得很好。蘇志強是武林中戰鬥力頂尖的高手，在場所有人之中，能擋得住他攻擊的就只有玄天門的三名堂主。要是讓這三人聯手，他們甚至有著與蘇志強一戰的本事。

可此刻蘇志強偷襲時，連瑾正在井裡根本插不上手，而被他視爲目標的雲卓正好身處半空，而且蘇志強還故意從他失去右臂的右側出手攻擊！

雲卓修練的獨臂劍法是方毅特意爲他找來的，即使他失去了右臂，戰鬥力卻不比四肢健全的人遜色。

可是現在雲卓並不是處於行動自如的平地，而是無法發力的半空中，蘇志強還挑著他沒有手臂的右方下手。不得不說這招的確狠辣，卻也同時非常有效！

懷著將玄天門所有人都留下來的決心，蘇志強知道只要給了對方反應的時間，到時跑掉一、兩個人蘇家便完了。因此這一擊，蘇志強甚至沒有隱藏他修練的功法，把實力發揮至極，務求能一擊擊殺雲卓！

蘇沐華正巧看到的便是這一幕，他完全來不及多想，下意識便拔劍爲雲卓阻擋這致命的一擊。

蘇志強見狀，雙眼閃過一道危險光芒，完全沒因兒子的插手而有絲毫猶豫。他知道憑蘇沐華的功力阻擋不了他，只會將性命也一同賠上。

原本蘇志強還打算只是殺掉玄天門的人及如意，蘇沐華是他的獨子，而且向來聽話，他並不擔心對方會將他的事情外傳。

至於那個許冷月，要是蘇沐華眞的那麼喜歡的話，那就留她一命，只廢了她的手，再弄啞了給蘇沐華做妾就好。

想不到他一片慈父心腸，蘇沐華卻寧可與他對抗也要保住玄天門的人！

蘇志強本就不太滿意蘇沐華這個繼承人，唯一滿意的就是夠聽話這點。可現在蘇沐華竟然出手反抗，即使青年根本沒有回擊、只是想要阻止，可對於向來喜歡掌控一切的蘇志強來說，卻已經是可恨的背叛了。

蘇沐華感受到父親的殺意，阻擋的動作一僵，露出了無法置信的表情。

雖然他與蘇志強的感情並不親厚，可是對這位父親，蘇沐華還是很敬重的。虎毒不食子，他從沒想過只是一個下意識的動作，蘇志強竟不念父子之情，對他流露出強烈的殺意。

一旁的寇秋等人想要救援，可惜蘇志強出手時只有蘇沐華一人注意到，此刻其他人再出手卻是錯過了最好的時機，只能眼睜睜看著蘇志強正要用十成的內力一拳揮向蘇沐華與雲卓！

就在這千鈞一髮之際，旁邊傳來了破空之聲，竟是一雙彎刀被人向著蘇志強擲射而來！

彎刀的設計十分奇特，它像迴旋鏢般在半空各自劃出一道圓形軌跡，而蘇志強則位於一左一右而來的彎刀交會處！

彎刀來勢洶洶的力度驚人，蘇志強完全沒有把它接下來的信心。

電光石火之間，蘇志強退卻了，在這把彎刀將要擊中自己的瞬間及時退開，卻也失去了擊殺蘇沐華與雲卓的機會。

而兩把彎刀則在半空以些微的距離一高一低地互相錯過，而後迴旋至主人身邊，令人不得不驚歎使用這雙彎刀的人技巧高超！

蘇志強偷襲失敗，卻沒有繼續追擊下去的意思。因爲那把很特別的迴旋彎刀他雖是第一次見，卻曾經聽聞過。

蘇志強心裡很明白，這次出手的目的並不僅是打敗這些人，而是得全部擊殺才算成功。只要有其中一個漏網之魚逃走、公開他的祕密，那麼他便算失敗。

當彎刀的主人現身時，蘇志強便知道自己已沒成功的可能。

使用這雙彎刀的人，正是玄天門的四大堂主之一——幽蘭！

十、治療

原本幽蘭一直留守玄天門主持大局，然而方悅兒等人遲遲未歸，再加上不久前她占卜到方悅兒紅鸞星動後，便生出了去找眾人的決心。

反正近來江湖很太平，並沒有什麼大事發生，幽蘭覺得即使自己留下來也只是代替方悅兒當個吉祥物，實際作用並不大。

何況門主大人顯然玩得樂不思蜀，要是不去把人找回來的話，天知道他們還有多久才會回來？

因爲方悅兒一直與幽蘭保持聯繫，所以幽蘭知道他們一行人會到錦華城拜訪蘇家。

計算了下路程，確定自己能到蘇家找到他們後，幽蘭便把玄天門的事交給信得過的弟子，出門了！

原本幽蘭還有一天路程才能抵達，結果她昨晚一直心緒不寧，於是便爲方悅兒等人卜了一卦，驚見堂主們皆顯示出有血光之災。

江湖之人有血光之災並不爲奇，可是三人同時有這卦象便讓人不得不在意。

幽蘭立即連夜趕路，硬生生將行程縮減了一天。

當幽蘭風塵僕僕趕至蘇家大門前，正要讓看門的下人通報時，剛好遇上從外面歸來的林靖與梅煜。

三人得知方悅兒失蹤後，便立即進入蘇家一起前來找人，想不到竟看到蘇志強偷襲雲卓的瞬間！

幽蘭立即投擲出一雙彎刀，及時救了蘇沐華與雲卓一命。林靖與梅煜雖然不了解眼前情況，可眼看蘇志強轉身逃去，二人仍是上前攔截。

此時寇秋與侍女們也反應過來，與接回雙刀的幽蘭一起加入對蘇志強的圍截。可惜他們人數雖多，武功卻皆不及蘇志強高強，加上對方並不戀戰、一心要逃，最終還是讓他順利逃離。

直至眾人戰鬥結束，蘇沐華仍處於懵然的狀態。父親突然向雲卓出手，更因他的阻攔而想連他也一併殺死，失敗後又立即丟下蘇家的一切逃走，一連串事情下來，對這位蘇家少主來說無疑是晴天霹靂。

蘇沐華不明白，父親回來時還好端端的，爲什麼事情突然會變成了這種無法挽回的局面。

雲卓落井時被蘇志強偷襲，雖然因幽蘭及時出手而未受傷，但因爲在半空中試圖閃躲對方攻擊，仍狼狽地摔入井裡，把井中的連瑾嚇了一大跳。

當連瑾與雲卓匆匆返回地面時，戰鬥已經結束。蘇志強突破眾人圍截逃離了蘇家，留下一臉懵逼的蘇沐華等人。

「幽蘭？妳爲什麼會在這裡？」連瑾看到人群中的幽蘭，一雙鳳眼閃過訝異的神色。

幽蘭淡然說道：「這往後再說，剛剛到底發生了什麼事？蘇家家主爲什麼想殺雲大哥？」

雲卓身爲受害者，也對蘇志強的偷襲感到莫名其妙，他轉而詢問蘇沐華：「蘇公子，這到底是怎麼一回事？」

雖然在蘇志強出手時蘇沐華有試圖阻止，可是發生了這種事，他們還是要蘇家給個交代。

現在蘇家能夠作主的，就只有蘇沐華了。

然而青年自己也毫無頭緒。他看著眾人質問的目光，完全不知該怎麼回答。

他能說什麼？他也很絕望呀！

雲卓問他是怎麼一回事，這問題的答案他也很想知道呢！

見蘇沐華完全說不出所以然，玄天門眾人互相交換了眼神，覺得現在的狀況實在挺棘手的。

蘇志強突然對雲卓出手一定有原因，總不會是他突然發神經吧？

就在眾人對現況一籌莫展之際，綁在井邊的蔓藤突然出現動靜，隨即便見段雲飛揹著方悅兒從井裡出來了！

兩人想不到井外竟站著這麼多人，甚至連明明應該在玄天門的幽蘭都在，方悅兒更是露出訝異的神情。

只見少女瞪圓一雙杏眼，問：「現在是什麼狀況？」

❀

「門主大人！」侍女們高興地圍在方悅兒身邊噓寒問暖，並且吱吱喳喳地向方悅兒敘述剛剛發生的事。

同時幽蘭則告訴了眾人自己前來的原因。少女並沒有把最主要的目的——紅鸞星動什麼的——說出來，只說她看門主等人離開這麼久都沒有回去，便出來看看狀況，並提到她占卜到眾人有血光之災，因此這才連夜趕了過來。

梅煜向來不信鬼神，聽到幽蘭談及占卜時並不太相信，只認爲是玄天門那邊有特別的管道收到消息，幽蘭這才特意趕來。

反倒是林靖對此卻很有興趣，還嚷著有空的話讓幽蘭爲他卜卦看看。

當方悅兒聽過侍女們的敘述後，便立即明白蘇志強對雲卓出手的原因了。只怕那人擔心祕道中的祕密被揭露，便想著先下手爲強，打算殺掉所有知道祕密的人吧？

方悅兒想到這裡不禁一陣後怕。雖然蘇志強出手偷襲時他們正往回走，有段雲飛在，與蘇志強至少能打個旗鼓相當；然而說不定他們回到地面前，雲卓他們就已受了傷，甚至出現無法挽回的後果。

也幸好幽蘭他們及時趕至，眾人聯手之下把蘇志強逼退。

段雲飛看到方悅兒後怕萬分的模樣，輕輕拍了拍少女的頭，道：「別擔心，我會保護妳，也會守護妳想保護的。」

方悅兒聞言愣了愣，隨即笑了，杏眼笑得瞇起來成了一輪彎月，臉頰再次露出段雲飛特別喜歡的酒窩兒。

段雲飛被對方明媚的笑容恍了一下，覺得手又癢了！

「……」四位侍女被硬塞了一口狗糧，皆是一臉無奈。

少女被段雲飛安慰過後，很快便原地復活了。她對正討論著蘇志強爲何突然出手的眾人招了招手，道：「我知道蘇家主爲什麼要對雲大哥出手喔！」

眾人聞言皆一臉驚訝，心想出事時方悅兒人還在井裡，怎麼他們這些當事人都還理不出來的頭緒，反而不在現場的她會知道？

連瑾思緒最爲敏捷，很快便聯想到重點：「小悅兒，妳是在祕道裡發現到了什麼嗎？」

林靖也迅速反應過來，道：「蘇家主是不想井底的某些東西被揭露，所以才選擇對我們出手？」說到這裡，青年的臉色難看起來：「所以他不只要殺死雲堂主，還想要把我們這裡所有人都留下?」

聽到林靖的話，一旁的蘇沐華臉色瞬間刷白。

眾人都對方悅兒與段雲飛在井底的發現深感好奇，然而方悅兒沒再繼續解釋的，逕自催促寇秋道：「先不說這些事，井下面還有人等著我們去救呢！秋天，你快些準備一下，跟我們下去救人吧！」

說罷，方悅兒便向寇秋仔細描述著秦承耀的病徵。少年雖然對井下竟然有人而感到十分疑惑，但聽到有病人正等待救援，仍是迅速按照方悅兒的形容設想了幾個治療方案，拿好醫療用品後便要跟著二人下井。

反倒是牢房的鑰匙，眾人翻遍了庭院四周和蘇志強的房間，卻怎麼也找不到，也許是被蘇志強隨身帶著，這讓眾人犯難了。

當方悅兒考慮著是不是乾脆帶一把鋸子下去破壞欄柵時，林靖卻說道：「我可以開鎖喔！給我一根鐵絲就好。」

眾人：「欸?」

林靖沾沾自喜地說道：「我有一個朋友是神偷呢！他曾教過我用鐵絲開鎖的技

巧，可好用了！」

身為武林盟主的兒子卻與一個小偷當朋友，而且還學習了那些下三濫、偷雞摸狗的技巧……這樣好嗎!?

不過林靖的小技能總算解了眾人的燃眉之急，有了他的保證，眾人便下井救人去了。

方悅兒在下井的瞬間，卻又想起什麼般，頓住了下去的動作，回首詢問：「如意呢？」

「如意？她不就在……咦！剛剛她還在這裡的呀！」山梔往如意本來所在位置指了指，這才發現與許冷月站在一起的如意不知什麼時候不見了，只剩許冷月一臉尷尬地承受方悅兒的審視目光。

「會不會是被蘇家主剛剛的偷襲嚇到，所以逃跑了？」白芍一臉不贊同地說道。身為侍女，竟然在危險的時刻丟下主子逃跑，這實在讓同為侍女的白芍感到不齒。

「不見的話那就算了，她的賣身契在許家手中，總歸跑不掉的。」現在還趕著去救人，方悅兒並沒有提出她被如意偷襲一事，但事後卻絕對會追究到底。

隨即方悅兒對許冷月續道：「許姑娘也是，跑得了和尚跑不了廟。爲了許家設想，許姑娘妳可別像如意那樣，莫名其妙地『不見』了喔！」

說罷，少女不再理會許冷月難看的神色，以及眾人不知內情的好奇神情，朝著井底一躍而下。

其他人見狀面面相覷，雖然不知道方悅兒這番話是什麼意思，可現在有更要緊的事要辦，便先將兩個姑娘的齟齬放在一旁，尾隨在方悅兒身後下了井。能夠讓蘇志強孤注一擲、要將眾人滅口的原因絕不簡單，他們早就對井下面的情況十分好奇了。

許冷月也想跟過去，但她是不懂武藝的普通人，自然不能像他們那樣跳進井中。幸好蘇沐華雖因蘇志強的事大受打擊，卻沒有錯過心上人的訴求。於是許冷月在蘇沐華的幫助下，也順利來到了井底的祕道。

祕道中的陷阱已全被段雲飛與方悅兒觸發，有些能自動復原的陷阱也因爲兩人有記清楚其位置及觸發模式的關係，對一路上跟著方悅兒二人前進的雲卓等人來說，這段路程就好像在觀光一樣地輕鬆。然而他們仍不會因此看輕這些陷阱的危險性。

要是沒有方悅兒與段雲飛先一步探路，他們也沒十足自信，遇上這些陷阱時能全身而退。

這一次前進的速度相較於方悅兒兩人初次進入祕道時快多了，很快他們便順利來到牢房的位置。

當眾人看到那些囚禁武林人士的牢房，以及在牢房中的屍體時，神色變得愈發凝重。

方悅兒毫不猶豫地越過一排牢房，帶領眾人來到囚禁秦承耀的地方。雖然兩人離開時有告訴秦承耀會上去找大夫，可男子想不到他們竟帶了這麼多人過來，不禁露出訝異的神情。

當秦承耀看到眾人之中的蘇沐華時，眼中浮現出憤恨的情緒，只是這遷怒般的恨意被他壓下，並沒有當場爆發出來，而是很快移開了視線，禮貌地向方悅兒點了點頭。

在寇秋爲秦承耀診治時，方悅兒便告訴眾人自己被如意推落井、發現祕道，以及遇上秦承耀後的事。

聽到方悅兒並不是因爲發現祕道才進井調查，而是被如意暗害推落井裡時，玄天門眾人都憤怒了！

雖然現在方悅兒好端端地在這裡沒事，而罪魁禍首的如意也賠了夫人又折兵，卻依舊讓玄天門等人非常後怕又氣憤。

蘇沐華無法置信地看著許冷月，彷彿現在才眞正看清楚此人的模樣：「許姑娘，所以在我滿心焦慮地尋找方門主時，其實妳是知道眞相的對吧？」

許冷月心虛地移開視線，並沒有與蘇沐華對視。

然而對許冷月逃避的模樣，蘇沐華再也沒有以往的憐惜，不依不撓地續道：「妳明知道方門主在我蘇家出事的話，蘇家絕對要負上很大的責任。可妳依然爲了自己的侍女、爲了妳許家的名聲隱瞞眞相！在我被父親指責、被他甩巴掌的時候，妳有絲毫歉疚嗎？在我將眞心交付予妳時，妳是不是在心裡恥笑我的不自量力，嘲笑我的痴心妄想⁉」

這次蘇沐華是眞的被許冷月傷透了心。他以爲許冷月即便不喜歡自己，可自己在對方心裡終究是有些分量的。

然而經過這件事，他才驚覺自己在許冷月心中，竟是隨時能割捨的存在！但凡許冷月有絲毫爲他設想，也絕不會隱瞞如意謀害方悅兒這等大事。對方的處理態度讓蘇沐華失望頂透。他也是人，即使再喜歡許冷月，被這麼對待心也會冷的。

許冷月被蘇沐華的視線看得心裡發虛，她恍然覺得，有些對她來說很珍貴的東西似乎已經失去、再也找不回來了。

少女壓下心裡的慌亂並說服自己，現在蘇沐華之所以會說這些話，只是因爲得知被欺騙後有些失望生氣，只要自己往後對他好些，便能將人哄回來。蘇沐華那麼喜歡她，又怎會不願原諒呢？

許冷月卻不知道，有時心冷就是冷了，是很難暖回來的，事情未必會如她所想般順利。

方悅兒並沒有原諒許冷月的打算，也許那次出手是如意自作主張，並不是許冷月授意。可她既然選擇爲如意隱瞞，便要承擔隱瞞的後果。

要是她眞的摔落井底跌至重傷、急須救援，許泠月這麼做，不是要讓她失救至死嗎？

何況在知曉段雲飛對自己的心意後，每每想到許泠月看著段雲飛的目光，方悅兒便覺得分外不爽。

門主大人絕不承認自己有些吃醋了！

即使如意逃走，可是事情並不會就這樣子算了，方悅兒絕不會放過要害她性命的人。至於知情不報的許泠月，方悅兒沒打算直接對她出手，而是要玄天門與許家交涉，絕對要讓許家脫層皮！

❀

在方悅兒交代了發現祕道的經過後，寇秋也爲秦承耀診斷完畢了。

當年宛清茹懷有身孕時身中蠱毒，雖然最終被神醫驅除了體內的蠱蟲，可終究傷了身體，最終年紀輕輕便去世。

而方悅兒也因在娘胎時受到蠱毒的影響，出生時比一般孩子體弱，小時候補藥什麼的沒少吃。寇秋在進入玄天門後，便接過了爲方悅兒調理身體的活兒。

爲了更好地幫方悅兒調理，寇秋對蠱術有著深刻的理解，雖然還未實際治療過患了蠱毒的病人，可是對不少蠱術的病理與治療都有所研究。

診斷秦承耀的病情後，寇秋從藥箱子裡拿出一瓶酒，隨即將一些不明藥粉混合在酒裡。當藥粉完全溶於酒中後，酒的香氣頓時變得更加濃郁起來。

嗜酒的段雲飛看著這瓶酒，眼神都直了，恨不得立即將酒搶過來喝光：「那是什麼藥粉？混合了酒後竟然那麼香！寇秋，你這些藥粉給我一些吧！」

一開始寇秋打開酒瓶時，段雲飛只聞到淡淡的酒香；讓酒香變得如此濃郁的關鍵，顯然是在那些藥粉上。

寇秋一臉無奈地道：「段兄，我不是說過你不能亂喝酒嗎？何況那些藥粉有劇毒，是不能喝的。」

段雲飛聽到藥粉有毒，卻一點都不介意：「沒關係呀！我聞著酒香也好。」

「……」寇秋已經完全不知該說什麼了，酒鬼的世界他不懂。最後段雲飛還是討不到藥粉，只因寇秋實在擔心對方一個忍不住，將混了藥粉的酒飲下肚。

在兩人說話同時，牢房裡的酒香愈發濃郁，濃郁得眾人彷彿覺得口裡也傳來了酒的味道。

眾人很快便發現隨著酒香傳出，秦承耀的神情也變得愈來愈痛苦，斗大的汗珠從他額頭滑落，身體甚至開始抽搐起來。

「那是什麼!?」許冷月尖叫道。

秦承耀異常隆起的肚子表面竟出現了不規則的起伏，看起來裡面有個胎兒在蠕動似的。

只見那「胎兒」的動作愈發激烈，彷彿下一秒便會破肚而出！

身爲造成這詭異狀況的始作俑者，寇秋不驚反喜。他雖然對蠱毒有研究，但一切都只是紙上談兵，眞正驅除蠱毒還是第一次。現在看到自己的治療有了預期的效果，少年自然是滿心歡喜了。

許冷月看到寇秋在這種情況下竟然還笑得出來，頓時面露驚嚇。她本以爲在玄天門眾人之中，寇秋最爲隨和、容易相處，想不到他卻弄出這麼恐怖的情景，現在少年的笑臉看在她眼中就像魔鬼般恐怖……

心裡畏懼的許冷月下意識便往蘇沐華的方向靠過去，想不到青年不但沒有如往常般受寵若驚地安慰她一番，反而還像碰到髒東西似地躲了開去！

許冷月愣住了。若說她有多喜歡蘇沐華，那絕對是不可能的，然而多年來對她唯命是從的蘇沐華，現在卻因她的靠近而露出厭惡的神情，這落差可不是一般地巨大。

寇秋並沒有注意到許冷月那邊的小插曲，此刻他全神貫注地觀察著秦承耀的情況，接著，突然出手如閃電般，用一把小小的、特製的銳利刀子將男子肚子劃開一道小小的破口。

隨即一條條不知名的蟲子，爭先恐後地從秦承耀肚子的傷口中鑽出來！

旁觀的眾人只覺噁心又恐懼，許冷月更是直接雙眼一閉，暈了過去。

那些蟲蟲渾身漆黑，離開了秦承耀的身體後，在地上爬行，留下一行行黏稠的漆黑液體；隨著液體的流失，原本巴掌大的蠱蟲逐漸變成手指大小，受到蠱惑般爬進了酒瓶裡。

當最後一條蠱蟲爬入酒瓶，寇秋便迅速蓋好瓶塞，隨即搖了幾下後再次將瓶塞打開。

此時酒香已然轉變，變成了一股說不出的好聞異香。然而眾人一想起這香味是一堆蟲子發出來的，卻又覺得有些噁心了。

當蠱蟲全數離開秦承耀體內後，男子覺得腹部的劇痛頓時消失，甚至還恢復了些許氣力。這段被囚禁的時間裡，秦承耀無時無刻不被劇痛所折磨，現在肚子突然不痛了，他一時間反而有些像作夢般地不真實。

寇秋將酒瓶遞給秦承耀：「把這些酒喝了吧！」

秦承耀的神情頓時變得很精彩。雖說那些蠱蟲先前一直待在他肚子裡，可是現在要再把那些東西喝進去……怎麼都很噁心呀！

寇秋看出男子的猶豫，解釋道：「把這些喝掉，才能將餘毒全解，不然你的身體會一直很虛弱。」

秦承耀從瓶口看進去，裡面的酒清澈見底，那些爬進酒裡的蟲子已完全不見蹤影，似乎都化在酒水裡了。要不是他親眼看著整個過程，不然都不敢相信不久前有許多蟲子爬進酒水中。

做足心理建設後，秦承耀閉上雙目，仰頭把裡面的酒全都喝了！

方悅兒見狀忍不住心裡喊了一句「真勇者也」！

秦承耀喝下酒水後，感到身體一輕，彷彿最後束縛著他的桎梏被打破了，那酒水似乎也為他補充了不少體力，只覺得身體前所未有地舒暢。

寇秋為秦承耀處理了腹部傷口後，便攙扶著他站了起來：「這裡陰暗，並不適合病人久待，我們先離開這裡吧！」

方悅兒點了點頭，卻在看向祕道的另一方時，眼中閃過一絲可惜。

「你們先上去吧！我去探一下祕道的盡頭到底通向哪裡。」

聽到段雲飛的話，方悅兒一臉驚喜，霍地抬頭看向對方。

段雲飛被少女亮晶晶的眼神看得很受用，笑道：「只要是妳想要的，我總會想辦法讓妳如願。」

此刻方悅兒只覺段雲飛一雙紅褚色的眸子在火光下閃閃生輝，顯得特別有溫度，好看極了！

尾聲

除了暈倒的許冷月被蘇沐華讓下人帶回房間，眾人離開祕道後皆沒有離去，在這荒廢的院子裡等待段雲飛回來。雲卓等人更是時刻注意著祕道的動靜，以防出了什麼事，他們好立即去救援。

原本雲卓他們也想與段雲飛同行，偏偏那人為了向方悅兒展示實力而拒絕了。看到自家門主眼巴巴地等著段雲飛的模樣，眾堂主感覺心裡有點酸呀！

「那人平時都是這麼任性的嗎？」鮮少與段雲飛接觸的幽蘭問。

連瑾拍了拍少女的肩膀，嘆了口氣：「妳會習慣的。」

就連秦承耀也沒有急著去休息，雖然身體還很虛弱，但相較於去睡上一覺，他更想確定祕道的出口是否如他所猜測的，確實通往魔教的據點。

何況對秦承耀來說，只要離開那不見天日的牢房，無論哪裡都是可以舒服休息的地方。

折騰了大半天，太陽已經西斜了。井口一帶的位置正好被陽光照射到，秦承耀便像隻貓，霸佔了有陽光的位置，邊曬著太陽邊露出舒爽的神色。

方悅兒看著一臉愜意、曬著太陽的秦承耀，不禁佩服這人的堅毅。雖然這次他及時獲得寇秋的救治、撿回了性命，身體也沒有留下後患，可一身功力已被蘇志強用魔功毀得差不多。

然而他卻沒有絲毫頹廢喪志的模樣，也不見他自怨自艾，可見是個心性豁達又堅強的人。

方悅兒很看好他，即使秦承耀的內力要從頭開始修練，可是憑著以前的經驗和心得，相信他修練的速度不會太慢。何況明劍派以劍術爲主，內力固然重要，可是劍法的修爲才是當中的重中之重。再加上秦承耀堅毅的性情，這個人的成就不會太低，即使這次受了劫難功力倒退，相信也能很快迎頭趕上。

❀

牢房距離祕道的出口其實並不遠，段雲飛破解了幾個陷阱後，便感受到從出口處傳來的光線。

看著眼前熟悉的景色，青年眼中閃過一絲了然，隨即轉身離開。

在晚膳前趕回去吧，可不能讓丫頭餓著了呢！

這麼想著，段雲飛更是加快了腳步。

當他回到了地面，發現眾人都沒有離去，而是留在井邊等待他時，心裡感到一陣溫暖，只覺得被人記掛著的感覺真不錯。

眾人看到段雲飛平安回來後，都有些餓了，因此蘇沐華便提出大家先去用晚膳，有什麼事可以邊吃邊談。江湖中人並沒有那麼多講究，他們便直接在飯桌上談起事情來。

方悅兒先吃了些東西墊墊肚子後，便迫不及待詢問起祕道的出口到底是通往何處。

「這還真是巧合了，想不到祕道出口之處我也熟悉，而且還在那裡住過一段日子，只是那時候我不知道有那條祕道。」段雲飛小小吊了一下眾人的好奇心後，便告訴了大家他的發現：「那條祕道，是通往魔教的一個小分部。」

「喀噹」一聲，卻是蘇沐華手中的筷子掉落在桌面，然而青年已顧不得這些，只見他刷白著臉問道：「段公子……你說的是真的嗎？會不會……會不會是你弄錯了？」

段雲飛道：「千眞萬確。我初入魔教時就被分派到那裡駐守過，所以絕不會弄錯。」

蘇沐華聞言沒有再說什麼，此時他神色木然，已完全不見年輕人該有的朝氣。

無論眾人喜不喜歡蘇志強，但至少他們對蘇沐華的觀感是不錯的。如果蘇志強眞的與魔教勾結，那麼蘇家……

至少蘇沐華身爲蘇志強的獨子，即使他自始至終都不知情，但也必定會受到很大的影響。

可是方悅兒他們已顧不得蘇沐華的心情，現在他們知道了蘇志強的惡行，就怕他狗急跳牆利用魔教餘孽做出什麼事。

因此眾人商議過後，決定隔天一早便出發前往林家。

他們必須利用武林盟主的號召力，盡快將蘇志強的事情公告天下，以免武林同道不知情而中了蘇志強的詭計。

隔天天色才光亮，方悅兒等人便已整裝待發。

這次他們出行的陣容又再擴大了些，除了前來蘇家拜訪時的一行人，還多了幽蘭、梅煜、許冷月與秦承耀。

幽蘭是玄天門的人，自然與方悅兒等人一起行動。至於秦承耀，因爲他是重要的證人，因此也需要他一起往林家走一趟。男子的身體雖然仍有些虛弱，但只要好好調理一番，加上有寇秋跟著，絕對出不了問題。

至於許冷月……看她凝望段雲飛時那情意綿綿的眼神，便知道她醉翁之意不在酒。

發生了如意試圖殺害玄天門門主一事，許冷月不回許家打點、想辦法修補與玄天門的關係，反而滿心只想著追求情郎，方悅兒也是服了。

方悅兒卻不知道，許冷月在許家並沒有什麼話語權。這次她的貼身侍女犯了大錯，許冷月要是就這麼回去，家主之位必定不保。

因此她急須找一個靠山。現在蘇沐華是不能指望了，她就只得巴巴跟著段雲飛，期望能打動對方。

反倒是梅煜的同行，讓方悅兒等人有些訝異。

「梅公子，你不回去白梅山莊沒關係嗎？」方悅兒問。

梅莊主才過世不久，門派正值動盪之際，眾人本以爲他會選擇回去山莊打理。

然而梅煜還是堅持與他們一起前往林家：「這次事情太嚴重了，蘇家主在江湖闖蕩多年，也不知道他有沒有其他布置與倚仗。覆巢之下焉有完卵，要是讓魔教坐大，白梅山莊也無法置身事外。梅某雖然不才，但也想略盡綿薄之力。」

見梅煜如此堅決，眾人也不再勸說。

蘇沐華也很想與眾人同行。即使知道機會渺茫，但他仍想再與父親見上一面，勸他迷途知返。然而蘇家剛逢巨變，蘇沐華身爲能主持大局的人卻是怎樣也無法離開。

此時，蘇沐華身後傳來一陣腳步聲，還未待他回首，一把淡然嗓音便說道：「沐華，你想去的話，便與方門主他們一起走吧！」

「娘親？」蘇沐華驚訝地看著緩步前來的王氏。雖然他已把父親的事告訴對方，但以對方向來不管事的性格，蘇沐華本以爲母親會像以往那樣，留在她的小佛堂裡不問世事。

「去吧！蘇家交給我就好。」王氏看出兒子的猶豫，續道。

王氏是大家族出身的嫡長女，因爲其母生病臥床，因此她很年輕時便接過了當家權，不僅將那些因嫡母體弱而愈發不知分寸的妾室與庶子女教訓了一頓，原本混亂的後宅也被她管理得井井有條，是個手段非常了得的女人。

王氏有膽色有手段，蘇沐華是很放心蘇家交由她管理，只是有些不明白母親爲什麼會突然願意接手管家：「娘親，您爲什麼……」

「現在的蘇家，已不是蘇志強的蘇家，而是我兒子的蘇家了。那我總不能像以往那樣不管不顧。」王氏不顧方悅兒等外人還在現場，直接道出她與蘇志強貌合神離的事實。甚至話裡的內容及她的神情，也帶著對蘇志強深深的厭惡與鄙夷。

王氏見蘇沐華一臉訝異，但顯然已不打算再多解釋什麼，只是狀似不經意地補上了一句：「對了，他在逃離這裡時，把柳氏也一併帶走了。」

「什麼!?」眾人驚呼。

昨天實在發生太多事了，眾人根本完全沒想到還有柳氏這一號人物。想不到蘇志強拋妻棄子逃走，卻反而不忘帶走剛認回來的姊姊。

這對姊弟的感情也未免太好了……吧？

眾人都覺得蘇志強此舉實在太怪異了，不過現在人已經逃了，他們雖然心裡覺得奇怪，但也已無從探究。

心裡有著眾多疑問，也只有再遇到蘇志強才能解答。蘇沐華眼神逐漸浮現出堅定的神色，向王氏行了一禮，道：「娘親，家裡就拜託您了。」

❀

看著蘇沐華隨玄天門等人離開的背影，王氏久久沒有移開視線。

一件披肩披在了王氏的肩膀上，王氏的乳母陳嬤嬤勸道：「夫人，外面風大，我們還是回去吧！」

王氏嘆了口氣，目光看著蘇沐華離開的方向：「嬤嬤，我希望沐華一輩子都不會知道真相。」

此時，王氏突然感到臉上微冷，抬首一看，便見天空飄下了點點雪白：「下雪了……」

天空落下鵝毛般的初雪，雪花看似脆弱，卻能覆蓋萬物。很快，街道已經覆蓋上一層薄薄的雪白。

純白的顏色很美很純粹，卻無法遮蓋人心的陰暗。

眼前一塵不染的景色刺痛了王氏的雙眼，她拉緊了些身上的披肩，道：「我們回去吧。」

《門主很忙・卷四》完

後記

在寫這篇後記時已經到了十一月份，天氣開始愈來愈有涼意，又是郊遊的好季節了呢！

不知不覺二〇一七年快將完結，這一年我似乎都處於忙碌之中。除了忙工作，也忙著幫忙準備妹妹的婚禮（我是伴娘喔XD），照顧患病的Trouble，以及在牠過世後，處理牠的身後事。

是的，Trouble在十月十八日病逝了，享年十五歲。

很多人都說Trouble像史納莎（雪納瑞），但其實牠是一隻被人棄養的混種犬。撿回家的時候只有手掌大小，渾身都是跳蚤，還無法吃固體食物，須要喝奶。

幸好當年我們把牠撿了回家，不然天寒地凍的天氣，這麼小的狗ＢＢ怎樣在戶外生存呢？

十五年眨眼間便過去，看著牠從巴掌大小愈長愈大，黑得發亮的毛髮逐漸變成灰色。撿回家的小奶犬，不知何時變成了行動不便的老狗。

發現腎衰竭時已經是第四期了，Trouble在醫院住了一星期後回家，連吃東西都需要別人餵食，就連走路也沒有力氣，不能再像以前那樣跑跑跳跳。

即使這樣，當時牠仍處於相對穩定的狀態。我們帶牠去看了不同的醫生，確定當時Trouble並未因病情而有受到太大痛苦，便想著能維持這種狀況也很好，我們多花心力去照顧牠就是了。

然而Trouble的病情卻惡化得很突然，在牠生命的最後兩天，我看到牠非常辛苦的模樣，經常因爲痛苦而喘息，以及綳緊身體，連翻身力氣也沒有了，整天躺在窩裡卻不願意睡覺，一直睜著眼睛看著我們。那時我便知道牠快要不行了，也感覺到牠對我們的不捨。

也慶幸最後Trouble是在所有家人的陪同下安詳地離去，並沒有經歷太大的痛苦。

在此我要特別感謝Homevet的醫療團隊，Trouble的病情突然轉壞。爲了優先診療牠，Homevet盡力騰出時間過來，也很感謝那位願意將看診時間讓給我們的主人與毛孩。

經過照料Trouble的過程，我充分感受到到府獸醫真的是非常貼心的服務。不僅能夠讓寵物在熟悉的環境看病，還免去了牠們舟車勞頓的辛苦。

平常寵物的身體還算可以時，帶牠們去診所還不覺得什麼。可是當牠的身體再也不適合出門，我便驚覺到到府獸醫的存在實在太重要了，大讚這種服務！

希望Trouble能夠在彩虹橋那邊快樂地奔跑，我們在將來有緣再相聚！

接下來的內容會有些劇透，如果大家還沒看內文的話，請先翻到前面將內文看完喔！

在這一集的故事中，眾人終於確定了蘇志強的確偷偷修練了魔功，並與魔教有所牽扯。

至於大家很關注的感情線，小悅兒在這一集也察覺到段大魔王對她的感情了，到底二人的感情能夠順利發展嗎XD

《門主很忙》系列預計會在第六集完結，所以如無意外，故事還有兩集便迎來大結局了。

覺得《夜之賢者》系列完結好像還是不久以前的事，想不到眨眼間《門主很忙》也快完結了呢！

接下來的兩集，門主一行人將會解決更多的謎團，敬請大家期待！

香草

門主很壯

【下集預告】

蘇志強這個幕後大BOSS逃跑，武林將掀起腥風血雨！
門主大人領著壯大的隊伍趕去林家，
欲與武林盟主商討抵禦魔教餘孽的對策。
只是段大魔王與林家人的相處……有點奇怪？

方悅兒盯著阿飛心裡哼了聲，
你隱瞞著我又如何？看我把你的祕密都挖出來！

卷五．〈林家祕辛〉 段大魔王的祕密！？

國家圖書館出版品預行編目資料

門主很忙／香草著.——初版.——台北市：魔豆文化
出版：蓋亞文化發行，2017.12
冊；公分.（fresh；FS147）
ISBN　978-986-95738-0-1（第4冊；平裝）

857.7　　106008048

fresh FS147

門主很忙 卷四

作者／香草
插畫／天藍　封面設計／克里斯
出版社／魔豆文化有限公司
地址◎台北市103赤峰街41巷7號1樓
電話◎（02）25585438　傳眞◎（02）25585439
部落格◎gaeabooks.pixnet.net/blog
臉書◎www.facebook.com/Gaeabooks
電子信箱◎gaea@gaeabooks.com.tw
投稿信箱◎editor@gaeabooks.com.tw
郵撥帳號◎19769541　戶名：蓋亞文化有限公司
發行／蓋亞文化有限公司
法律顧問／宇達經貿法律事務所
總經銷／聯合發行股份有限公司
地址◎新北市新店區新店市寶橋路二三五巷六弄六號二樓
電話◎（02）29178022　傳眞◎（02）29156275
港澳地區／一代匯集
地址◎九龍旺角塘尾道64號龍駒企業大廈10樓B&D室
電話◎（852）2783-8102　傳眞◎（852）2396-0050
初版一刷／2017年12月
定價／新台幣180元
Printed in Taiwan

ISBN／978-986-95738-0-1

FS147

MASTER IS BUSY

門主很忙

卷四・蘇家尋祕

魔豆文化　讀者迴響

感謝您在茫茫書海中選擇了魔豆，您的支持是我們最大的動力。
不要缺席喔，讓我們一起乘著夢想的羽翼，穿越時空遨遊天地！

姓名：　性別：□男□女　出生日期：　年　月　日	
聯絡電話：　手機：	
學歷：□小學□國中□高中□大學□研究所　職業：	
E-mail：　（請正確填寫）	
通訊地址：□□□	
本書購自：　縣市　書店　□網路書店	
何處得知本書消息：□逛書店□親友推薦□DM廣告□網路□雜誌報導	
是否購買過魔豆其他書籍：□是，書名：　□否，首次購買	
購買本書的動機是：□封面很吸引人□書名取得很讚□喜歡作者□價格便宜□其他	
是否參加過魔豆所舉辦的活動： □有，參加過　場　□無，因爲	
喜歡出版社製作什麼樣的贈品： □書卡□文具用品□衣服□作者簽名□海報□無所謂□其他：	
您對本書的意見： ◎內容／□滿意□尚可□待改進　◎編輯／□滿意□尚可□待改進 ◎封面設計／□滿意□尚可□待改進　◎定價／□滿意□尚可□待改進	
推薦好友，讓他們一起分享出版訊息，享有購書優惠 1.姓名：　e-mail： 2.姓名：　e-mail：	
其他建議：	

◎請沿虛線剪開、對摺、裝訂後寄出

◎請沿虛線剪開、對摺、裝訂後寄出

廣告回信郵資免付
台北郵局登記證
台北廣字第675號

魔豆文化有限公司　收

103台北市赤峰街41巷7號1樓

魔豆

魔豆